栖溪风月

卫军英◎著

首都经济贸易大学出版社
Capital University of Economics and Business Press
·北京·

图书在版编目（CIP）数据

栖溪风月/卫军英著. —北京：首都经济贸易大学出版社，2015.2
ISBN 978－7－5638－2303－1

Ⅰ.①栖…　Ⅱ.①卫…　Ⅲ.①诗词—作品集—中国—当代　Ⅳ.①I227

中国版本图书馆CIP数据核字（2014）第281055号

栖溪风月
卫军英　著

出版发行	首都经济贸易大学出版社
地　　址	北京市朝阳区红庙（邮编100026）
电　　话	（010）65976483　65065761　65071505（传真）
网　　址	www.sjmcb.com
E－mail	publish@cueb.edu.cn
经　　销	全国新华书店
照　　排	首都经济贸易大学出版社激光照排服务部
印　　刷	北京京华虎彩印刷有限公司
开　　本	710毫米×1000毫米　1/16
字　　数	286千字
印　　张	17
版　　次	2015年2月第1版　2015年4月第2次印刷
书　　号	ISBN 978－7－5638－2303－1/I·31
定　　价	68.00元

一时意绪，写出千古情怀

——为军英诗词集作

韩水法

一

回想自少时至今，读过多少人物的故事，每当壮怀激烈、失意惆怅、悱恻忧伤、情意难解，或喜气洋洋、心旷神怡、惬意悠闲，而至于春树暮云、万般心绪、纠结无穷，最能抒发这般人物怀抱心态的，大约要以唐诗宋词为第一，以至于人们常常要乘风归去，散发弄舟，至少要一发少年狂，雪夜登山，月下独酌，任是云海之邈实在难以相期，也要做个无情游。心中情绪，不平则鸣；鸣而为声，何者最佳，自是诗歌。

《周礼》说诗，列出风雅颂赋比兴六义。后人虽然将风雅颂与赋比兴分别开来，但兴的道理总是没有说透。兴就是起，而在诗一端，所起的就是那种要以韵语丽词抒发出来的情绪。有人说，兴乃托事于物，这个解释固然不错，但次序不对，并非托在先，而是事在先。诗意兴起，诸物皆可为托，虽然有中肯与不中肯之分，但那属于才气和修养。见景生情、睹物思人，是人之常情，而由情生景、由人生事，亦是人之常情。兴致有了，找个由头，把这一腔情绪托事于物一般地吟咏出来，就不是人之常能了。

诗三百篇，“关关雎鸠，在河之洲。窈窕淑女，君子好逑”位列第一。吟唱者，无论为谁，其意向所指就是好逑，而意向恰是这份被吟唱不已的思恋之情。情绪一旦起来，需找个事物起头，雎鸠于是就首先出场了。但咏雎鸠是为了唱好逑。雎鸠就是兴，这是兴的第二层意思。

诗起于一时意绪，发乎人的本性，可谓之为自然在歌唱。而自然的歌唱，虽属于人声，却可以视为天籁。想唱就唱，胸有块垒，心有郁结，情有冲动，兴有高发，都可以发而为诗，咏而为歌。由是而观，诗之天职，就在于乘兴而来；诗之余绪，则是兴尽而归。所谓思无邪、温柔敦厚、政治正确性，都是诗之余绪之后的事情了。只是当编诗编累了，孔夫子才会说出诗无邪的高论。否则，他还是更愿意到沂水河岸上，一展高兴的。

二

由此，人们也就可以领会：“人生自是有情痴，此恨不关风与月。”王国维说，欧阳修这两句“豪放之中有沉着之致”。诗无达诂，如此解释诚然有理，却没有说及于诗最为要紧的一件事：诗词一道，全在于人本有情，情出于本心，情痴无非自得，与风月无关。不过，要讲得人生痴情的极处，总要借风月为手段，以山河为背景。李贺说“天若有情天亦老”，言下之意则是，人之易老实在出于情多。正缘于此，老庄者流早就悟到，若要长生，须得齐物而不动心。不过，不动心的人生，了无意趣，没有多少人愿意把一生就这样呆呆地过了，宁要“生当作人杰，死亦为鬼雄”的豪壮，“春蚕到死丝方尽，蜡炬成灰泪始干”的痴绝，而诗人也就要为此“语不惊人死不休”。

诗既出于情之兴起，化而为文字，不仅映照自己的情绪心态，又襄助他人抒发胸臆，成为激发情绪的引子，一瞥他者内心的玉鉴。“离歌且莫翻新阕，一曲能教肠寸结。”欧阳永叔所写的，就是这样的情景和效应。古人所谓慷慨悲歌，所吟所咏的多非自己的诗作。

王国维用境界说诗，确是高明。境界就是诗人用语句营造起来的情境交融的虚拟的三维空间。境界自有妙处：寥寥几项景物，几个情语，便造就一个可供人们自由联想而有千变万化想象的结构。它的情绪指向是大抵确定的，倘若主调为忧伤，就难以从中领略出欣快。这与音乐结构大相异趣。嵇康说：“音声有自然之和，而无系于人情。”因为诗词的境界系于言语结构，音乐则是合乎和声的抽象结构，难以泊定特定的情绪。境界之说切中了诗之肯綮，为诗的分析搭起了一个骨架。由此想来，散文与诗的分野并不在于句子的分行书写，而在于诗要为想象的自由发挥留出足够的空间。

什么是好诗？一时意绪，写出千古情怀。千年之后人们复来吟咏，它竟可以令人生出一样的襟怀，发出相似的感叹。

昔我往矣，杨柳依依。今我来思，雨雪霏霏。

前不见古人，后不见来者。念天地之悠悠，独怆然而涕下。

床前明月光，疑是地上霜。举头望明月，低头思故乡。

这般人皆能诵的句子之所以绝佳，就在于它们能引起各色人物的共鸣。自然，同样的佳句还可以举出更多。

一首好诗就形成一个独特的审美境界，不仅其情景有异，并且造就某种一般性。境界包含情与境两类基本因素，一情可以多境，一境亦可以多情。关键在于情足够独特，又能够引起同感；境足够独特，又能够引起共享。由此，境界之中的情和境是不能过于怪诞的，否则就会失去美感的一般性。

语言使境界展现出来。俗话说，诗要上口，这就有了平仄、节奏、韵律、修辞和典故等要求和章法。诗可以唱，可以吟，亦可以咏。现代许多人常常误解诗的意义，以为分成短行的文字就是诗。于是，有人写出若干或许多分行的文字，当作诗，自己也就自矜成了诗人。但是，任何时代、任何语言的诗歌，如不切合上口的要求，就无法流传。在这一点上，现代诗与三百篇，不应当有什么差别。汉语现代诗的历史过短，并不成熟，表现力和语言美感都不足。因此，传统诗词形式，主要是律诗和词，在今天依然有其广泛甚至越来越多的爱好者，就是最自然不过的事情了。

三

不过，自20世纪始直至今天，律诗和词在体系化的教育里及在文化界受到压制，从小学到大学，虽然有传统诗词入选教材，但律诗和词的基本知识并不在课堂讲授。仅仅出于传统的力量，私相授受，它们才得以延续下来。

一册《栖溪风月》就是这个传统的样板。当然，不仅仅诗词，读者同时见及的是以古典形式优雅地呈现的山水、风月、才情和怀抱。或者可以说，古人营造了许多境界，而生活世界在发扬光大，人的怀抱自然也就要有新的表现。这是诗乃自然的歌唱的另一层意思。

军英的才气在少年时代就已展露。在中学时，我们一起写诗，他才情与英俊俱飞。那时，他写的是白话诗，一写就是几十行，或有上百行，只是现在一时记不清了。当时，学校的几个诗友还一起编了一本诗集。可惜，几番迁居，那个诗集现在不知散落到什么地方去了。

1977年高考恢复，翌年春天军英进入杭州大学中文系，硕士阶段又专攻诗词。杭州大学中文系当时为中国古典文学的重镇，唐宋诗词研究更是木秀于林，而军英如鱼得水。回杭时相见，听他谈词，将两宋的名篇背得个滚瓜烂熟，而词章格律，更不用分说，这令人很是羡慕。我于诗词虽可谓情有独钟，在北大也往中文系听了一些课程，但因有康德、黑格尔的著作，还有马克思的东西要对付，便不能如他那样自在遨游。军英向我谈刘过、吴文英，谈一些当时我知之不详的词作。我素来喜爱的作品其实不多。李白两首，李煜数阕，苏轼、辛弃疾、李清照、欧阳修、柳永原本大家，佳什颇伙，喜欢的就多一些，诸如范仲淹、王安石也就一两阕，他们仿佛是以一首词独步宋朝词坛。这些人物的词作奠定了词界的格局，影响了千古词风。随着年龄增长，我也觉得韦庄、秦观、周邦彦、姜夔、蒋捷等人作品的妙处；其实也只喜他们的一两首词，如白石道人的《扬州慢》，自然，仅这一首便胜过其他中才的数十百首。

军英的视野自然宽阔许多，当年他大约也写过不少词。我始终记得他告诉我“倚床立就”的故事：在大学宿舍里从上铺爬下来，靠着床架即可拟就一阕。可惜，这个集子没有见到他的少作，读者只能领略他的中年情怀了，不过，从中或可窥见他的少年心性。

皇皇100多首长短句中，《江梅引》（庚寅正月西溪同游）最有趣味，初读之下就觉得有宋词之致。此次再读，对照其所和的洪皓原词，虽然时隔800多年，实在是在相互辉映之余胜出一筹，尤其上阕，颇堪玩味。

西溪风月觅新梅。

几枝开，几人来？

料峭春寒、遗迹旧亭台。

水碧芦白长堤外，掩孤笠，垂纶客，知是谁。

“几枝开，几人来？”将清冷的早春问得一片生动，多少透露出作者的欣喜之情。而孤笠钓客，虽然时见，却独守水渚，问是自问，无求答案。

《贺新郎》（天命自题），五十载的回顾，恰在秋末；人生苦短，俯仰之间，已是半百。

未许西风来时路，何故风霜急切。

染几缕、青丝如雪。

自负沧桑人不老，却浅斟不胜寒江月。

情与貌，两清越。

在岁月的天命这个时段上，生涯的轨道已经大体固定。对以学术为业的人来说，终点的状况是大致可以预测的，奇迹当然会有，但不仅少，而且也只眷顾十二分勤奋的人。但是，在这个年岁的人又多数未能意识到生命的巨大转变。而我们这一代人又经历过最戏剧化的社会变迁，巨大而迅速，对比强烈，以至于导致了许多人的精神分裂。要战胜这种分裂，人就得直面事实，走在人类正道，这或可是对“清越”的一解。

军英诗词集中吟咏最多的除了山水，就是情，虽然不知那位伊人或那些伊人为谁，但情之殷殷、意之款款，不仅深长，也非常别致。试看《凤凰台上忆吹箫》（寄赠）：

风冷溪桥，月涵秋影，夜凉谁向云栖。

想伊人归去，路远人稀。

微倦浮尘浊雾，常日暮、修竹独欹。

清辉下、疏眉翠黛，玉骨冰肌。

深情当为有情人写出，但两情如何相接？此阕写人间温婉感情，却如世外一般风致，伊人冰肌，他身玉骨。“想伊人归去，路远人稀”：却看景色，修竹石径，渐行渐远，背影、竹影与冷月交融；再观内心，一片怜爱，至记忆深处，更有另一番佳人之约之清景。虽是旧日风情，却为当下意象。

记得军英在其博客上曾经发表过不少题画诗词，意淡情远，符合只说伊人，不指阿谁的风格。在这些诗作里头，香草、美人和丹青混为一体，情意就多层次地表现出来：“清新一叶自幽香，淡雅从来不艳妆。”（秋冬题画诗九首——幽兰芬芳）这样的风格或许也是古今同调。

读王安石的《桂枝香·金陵怀古》，你其实不用亲临金陵，凌绝顶而观石头城与大江，只吟咏“登临送目，正故国晚秋”，一番图画就油然而起，它依托于个人体验、游历过的地方、见识过的风景、看过的图画，乃至读过的书籍；在此时，王荆公的诗句，触动了你自身的想象力，这些因素汇合起来，别构出一幅江山胜景来。情诗也可做如是解读。

军英诗词虽多唱和与即兴之作，内容却相当多样，风格和底色也难以概括。但是，潇洒飘逸之致、散淡随兴之思，始终贯穿在这些诗词里面。诚然，散淡和飘逸无非旧的说法，却也非常人可以有这样的风格，何况，还要论个真散淡与真飘逸。

四

《栖溪风月》一名指向特定的地域，军英吟咏的山水风月情事多数是在西溪一带。而西溪，正是我的故乡，是我出生和成长的地方。自儿时起，我走遍了西溪的山水。这样，军英的诗词与我又有了一层直接的关联。

杭州西北面原是一大片水乡。从原名为西溪的留下镇向北、向西到仓前、余杭，向北偏东直到良渚，远至塘栖，都是水网纵横的水乡。从介于临平和塘栖之间的孤立而起遍植梅花的超山峰顶往塘栖看，只见烟水苍茫。自留下以南、以西就是绵延不绝的东南丘陵，西入安徽，南达福建、江西。所谓西溪，就是以发源留下西南丘陵的一条溪河为干流，汇合了众多山溪的一片流域。这个流域包括现在的留下、五常和蒋村一带，是否还包括闲林和仓前，我不清楚。向东，它直至现在天目山路边缘。不过，这条干流原来穿留下镇北向去。大约在“文革”后期，因春夏之交经常洪水泛滥，有司将河改道，使之直接从荆山岭边流下五常去了。留下镇中心的那条河，规模虽然还在，水量却如一条小水沟，舟楫不再通航，居民也无法游水，两岸的商业也渐渐外移了。这条河在宋朝应是叫作西溪的。但在我的少时，它是没有名称的，到现在文献中地图上也查不到它的名称。

军英所描写的是成为湿地公园后的西溪，它只是原来西溪流域的一小部分，其他大部分20世纪八九十年代都被填平造城了，连一丝水乡的遗迹也没有留下。而我的少时，从留下到三墩之间方圆几十里，水面远大于旱地；从留下到余杭塘河之间，原是泽国，江南水乡之中的水乡；岸地如洲，不少是先民从水中围筑起来的，所以地名多用墩、埭和坝。它是江南水乡精神和物质的生活的样板。在我的记忆里，这永远是最美的一块土地。我千百次登上留下镇后的平基山，向北眺，烟雨水乡；向南望，崇山峻岭。留下这个地方，就在绵延数百里的山脉与辽阔数百里的水乡的分界线上，而独兼山水之利乐。这是我与军英相识，一起在中学求学的地方。

这片山水，是我少时成长的天地，于我有故土之思，去国离乡之情。而军英在这一片土地上求学、工作和生活，与这里的花草竹木山水亭台楼阁日夕相处，游走于斯土，歌而出，咏而归。

军英笔下的西溪，对我来说既熟悉又陌生。熟悉的是它原有的地名和河湖，而陌生的是它太多新建的道路和设施。我生命中的西溪是带着华丽乡音的野性的泽国，是每一处洋港河塘都弥漫有无数传说和故事的神秘水乡。湿地公园的建立，这一带古老的历史也被人翻出和记起，在军英的诗词里美丽地呈现出来。在我少年的时候，西溪的历史是封闭了的，少时所看见和游历的是一处又一处的废墟，巨大的地基，高大的孤墙。

西溪秋色，正闲逸图晚。

徐步横桥越连栈。

过孤亭、小径环绕丛林，阑干外、弯月如眉初现。

——（《洞仙歌·西溪秋夜闲步》）

这般闲适的西溪，正是我挚爱而陌生化了的故乡。我想，有一天我还得像少年时一样，走遍这片剩水余洲，做一些当年未曾做过的事情：寻小径，立孤亭，拍阑干，领略“亭台外、犹然绿柳，胜景更销魂”的意境。(《满庭芳·题写西溪秋照》)

军英描写山水，得心应手，炉火纯青。杭州山水，历代颂诵不绝，在今天以格律诗和词写出新意，非高手则难为。军英惯看湖山，胸中烂熟古人意境，却写出一个清新的今日西湖山水。不过，即使纵情，“念登高心性，总是湖山沉醉”，也不免一丝中年感慨：“纵笔挥毫，且留他、一点意气”（《法曲献仙音·正是清净时》）。

散淡不妨为面对这大好河山，面对过往情事的有益心态。“世事云烟归一瞬，人情闲散能几天。”（《静夜感思》）但生活其实是可以非常积极的。军英每日写作不止，暴走不停，有时一天竟至19公里，这是在他心脏搭了支架之后的生活方式。这一面在军英的诗词里看来是没有呈现。

五

律诗和词之属，本为精英文化，需要专门的修养和训练。因为汉语的特殊性，这些看似古典的形式，依然有其生动的活力。自宋之后，汉语语音体系发生了重大的变化，但律诗和词一直长盛不衰，在文学中久居高尚地位。而词一端即为戏曲所用。据王国维考证，元曲中曲调或曲牌约有三分之一沿袭宋词而来，虽然字数会略有改变。这种传统一直延续到明清的戏曲。至于这些曲调如何适应汉语语音的演变，在普通话普及之前，它也因地区而异。譬如，昆曲中南昆诸流派，或采用苏州方言音韵，或采用江浙其他某地方言音韵，就更多地保留了唐宋的古音因素，展现了悠古的韵味。不过，即便以现代的普通话来诵读唐诗宋词，其抑扬顿挫、舒徐繁促、婉转缠绵的节奏和韵律依然能够体现出来，缘由主要在于汉语语音变化遵循一定的规律。不过，我疑惑的一件事是，汉语语音由繁而简的变化，事实上大大弱化了汉语的表达力，而这一现象与佛教进入中国之后，最后几乎一统于极简主义的禅宗，是否有某种相关性？一些人对格律诗和词的极端否定的态度，与此是否也有相关性？

今天写律诗与词，如何用韵，如何用词语，如何切合现代生活，关涉审美和格式。譬如，咖啡可否入词，倘如可以，微信呢？其实都是可以的。“民主”和“简讯”在军英的词里都出现了。口语入词，宋人早有先例。辛稼轩用得最为纯熟，而《沁园春》（杯汝前来）《西江月》（遣兴）都是经典的作品。至于韵，虽人们趋向于简化处理，但入声字的措置，也并非易事。普通话一统天下，能发入声的人越来越少，而认识和能辨别入声的人则更少之又少。至于用典与不用典，取决于一首诗词的内容和意绪，也取决于作者的心境，并无一定之规。但凡用典，即便在古时也多少要考验人的知识，而在今天对绝大多数人来说，就实在是阳春白雪了。军英诗词用典处大多做了注释，也是便宜读者的方式。

诚然，这些形式之事，人们或在写作之中各有尝试，遵从现代汉语音韵分类，而予以具体的措置。要紧的则是，律诗也好，长短句也好，如何别开新声，写出现代人的情怀与关切。

军英诗词以唐宋气象来写今天情怀、风景、历史乃至时势，使我们领略了现代生活世界的优雅层面和古典韵味。这些诗词别具一派，在今天的江南诗词坛上，也可谓是卓然大家了。军英以诗词会友，往来唱和，相聚诗会，诗侣远及海外，这是唐宋的气象。

范仲淹在《唐异诗序》中说，“嘻！诗之为意也，范围乎一气，出入乎万物，卷舒变化，其体甚大。故夫喜焉如春，悲焉如秋，徘徊如云，峥嵘如山；高乎如日星，远乎如神仙；森如武库，锵如乐府。……而诗家者流，厥情非一；失志之人其辞苦，得意之人其辞逸，乐天之人其辞达，觏闵之人其辞怒。”①

人们常常爱说，今天的时代是诗的时代。这话其实不准确。每个时代都是诗的时代，差别仅在于情感的性质和色彩以及写作的方式。因此，上面范仲淹最后四句话，虽然切实，但过于一律，即便得意之人，也有失志之时；而一个万马齐喑的时代，也不妨人有逸兴闲情。不同时代诗的不同主调也是可以用这四句来描述的。

正是在这样的意义上，我以为，苏轼、辛弃疾乃

① 陶秋英：《宋金元文论选》，北京：人民文学出版社，1984年版，第45页。

属词人典范，各种情感事情皆可吟咏，各种写法皆可上手，而各种词语皆可入词，出神入化，每读之下，令人激赏不已。俞平伯说稼轩最终归之于温婉，① 是不对的。这无非是豪放与婉约的老套路，久在书斋，要理解像稼轩这样经历和情感都十分丰富的人，而对他们的诗词做出中肯的评价，非有出众的想象力不可。我有时想，宋代出了苏轼、辛弃疾、李清照、欧阳修和柳永这样的词人，也就如杜甫、李白一样，是我们的天福，否则生命和精神中的极致，就无这样篇什借以观照，而使自己得一时如永恒般的升华。

人有军英这样的朋友，便可经常进入诗人的兴会，“坐看湖山烟雨”（《湖山空濛》），“酒朋诗侣且无拘”（《一剪梅·超山探梅》）。江山家国、风花雪月与文章友情，尽在胸中，而意气不妨清狂与浩荡。

2014 年 10 月 15 日

写于北京圆明园东听风阁

［**韩水法：北京大学哲学系教授、博士生导师、西方哲学教研室主任，北京大学人文学部委员，系北京大学哲学研究领域首位长江特聘学者**］

---

① 俞平伯：《唐宋词选释》，北京：人民文学出版社，1979 年版，第 13 页。

·目录·

上编　长短句 129 首

·目录·

·目录·

目录

目录

·目录·

下编　近体诗161首

·目录·

·目录·

目录

云山自许　风月寄意

（题记）

一

人生往往是一次回归。在步入生命的秋色之际，回到了少年时期的习性，也许是某种下意识的自然与自觉。我曾与朋友戏言，如果真要去选择一番人生，最称道的或许是柳永吧。这个基本上以填词为生的书生，虽然也曾如世俗般追求功名，但基本上却是无缘于功名。在他 **51** 岁的时候，才总算是被赐进士出身，官至屯田员外郎被派往福建。虽然只做了两年中低级别小官，其姓名依然载入《海内名宦录》中。以填词终其一生的柳永，词名远播却穷愁潦倒一生，至死都一贫如洗，最后还是由谢玉英、陈师师等一班京城名妓凑钱安葬。文学史上不少人因言以载道和家国情怀而垂名，而柳永词却充满了浅斟低唱和羁旅离愁的个人感受，即便是用语俚俗也照样“凡有井水处，皆能歌柳词”。这大概要归因于他的风花雪月之中，表现出了人性自然的真诚。生命体验中的诸多苦难在擦拭他的灵魂的同时，也涤清了世俗的污垢，从而使他的词境中通透着神性和灵性的光芒。

中国的文人大都有过兼济天下的情怀，但最后总是落得空怀壮志的失意，而在落寞中能够保持独善其身的并不多，唯其如此，像陶渊明乃至柳永这样纯粹的诗人，就具有一种神圣的诗意光辉。我年轻时候学词最初是从辛弃疾开始的，少年豪气渴望功业，往往喜欢那些大声镗鞳激越亢昂的作品，其实并不能理解稼轩词的真谛，乃在于来自性灵深处的自然吟唱。辛弃疾58岁时候写过一首《贺新郎》，其上片云："甚矣吾衰矣。怅平生、交游零落，只今余几。白发空垂三千丈，一笑人间万事。问何物、能令公喜。我见青山多妩媚，料青山、见我应如是。情与貌，略相似。"写这首词的时候他正罢职闲居江西铅山，虽然数年后他65岁时在镇江知府任上，又写过一首气吞万里如虎的壮丽长歌《永遇乐》，但是在慷慨意气的深处，表现得还是一种人性深沉的眷顾。

也许是一种偶然的巧合，在这本诗词结集的时候，我才发现按照时间编年，列于全编之首的竟也是一首《贺新郎》词，而且从中可以看出受稼轩词影响的痕迹。在这篇之前，其间大约有20年时间，我几乎没有填过词。记忆中只有2005年的暑期，在北戴河填过首《浪淘沙》（骤雨洗长空），见录于我2006年出版的《关系创造价值》一书的后记中。那篇后记里曾写道：少年时好稼轩好渊明，羡慕豪情逸致。也曾轻信"近来始觉古人书，信著全无用处"，转而商海搏浪。岁月蹉跎，经过繁华诱惑，待回归书斋，以述为作时有感悟，却也陶然自乐地从恬淡中感受到生命的充实。

把这种人生感受与稼轩词相参照，豁然领悟到“情与貌，略相似”之中的那种潸然与澹然。中国文人受儒家思想影响，一向背负的道义责任太重，最为不堪的是，往往把个人功名与济世经国异化为一体。曹丕谓“文章经国之大业，不朽之盛事”，所以即便是逢到写诗作词这种纯属性情的事情，在文人那里也要踌躇许久，如果不表现一些所谓深沉的历史内容，或者通过个人遭际折射社会现实，则难免会受到某种诟病。晏殊自己做了多年的太平宰相，写了不少无关痛痒的流连光景之词，但在有一天柳永来拜见时，晏问：“贤俊作曲子么?”柳答：“只如相公亦作曲子。”晏曰：“殊虽作曲子，不曾道‘彩线慵拈伴伊坐。’”柳遂退。可见在取得高位的正统文人那里，可以偶尔流露一些闲情，但是却不能容忍一味地倾心于风月。现在想来，自己年轻时候虽然写过一些诗词，但所写的内容大都关乎历史人生世间大事，基本上都可以说是一些了无趣味的空泛之辞，应该是和这种道统思想不无关系。好在那时候没有电脑，手写的东西几经沉浮基本都散失了，要不然现在看了会暗自生出许多羞愧感。

二

我的大学本科和研究生学习阶段，都是在杭州大学中文系度过的。这所 1998 年并入浙江大学的江南名校，那时候虽然不是国内第一梯队的重点大学，但却继承了民国时期之江大学和浙江大学的衣钵，文史方面的功力不亚于国内任何名校。当时中文系更是名师荟萃，古典研究独擅风骚，据云早年即传“北有北大，南有杭大”之誉。记得大学本科一年级的1978年春，我通宵排队在新华书店买的第一本书，是胡云翼编注的《宋词选》。那两年这本书每天捧读，及至后来甚至熟读能背。那时还曾工工整整地手抄过南宋周密所选的《绝妙好词》，学词和创作大概就是那个时候开始的吧。我硕士阶段专业方向是唐宋诗词，我的导师陆坚教授研究生师从当代词学大师夏承焘教授，夏先生既是学者也是词人，因开启现代词学而被誉为“一代词宗”。陆老师指导我们的时候，每每传授的都是当年夏先生的词学体悟，加之那时陆老师主要研究南宋词人，多少也影响了我的硕士论文从悲剧美学的角度写成《稼轩词新论》。那篇论文后来拆为两部分，分别发表在《文学评论》（1987年第6期）和《杭州大学学报》（1988年第2期）。不成想此后就再也没有写过专论宋词的论文，虽然也有小文探讨具体词作，但基本上都属于赏析类的千字文。主要原因是我硕士毕业之后留校执教，教研室分配我主讲先秦汉魏六朝文学，于是那几年把精力放在这一段，而且为了专业发展自我定位于魏晋南北朝段，围绕阮籍和陶渊明展开整个研究。阮籍是竹林七贤的领袖，陶渊明是魏晋南北朝约400年间首屈一指的大诗人，也是魏晋风度的最后终结者，所以在我年轻的习性中，自觉不自觉地就沾染到魏晋人物的风韵。

研习诗词的爱好在1992年戛然而止。那一年可以算是中国市场经济元年，我也在这股大潮中下海了。经济的浪潮冲刷掉年轻时飘荡的风雅，最为可悲的是有一年搬家时候，我竟然虚无地把书架上的很多书给当作废纸卖了，还烧掉了少年时代的十多本日记和读书笔记。那时候物质主义扭曲了人性，即便我重回大学讲授广告营销，也竟然以为未来将永远不会再沉浸于诗词。然而宿命有其无法违拗的轨迹，那种基因般烙印于你生命中的文化因子，不论怎样总会发散出不屈的光芒。所以在年近天命之际，又重回诗词创作并且一发不可收，收在这本集子里的作品，即多为近五年来所创作的。

中年之后我居住在杭州的城西，这里临近西溪湿地，水色天光风清气爽，碧草绿树花开四季。西溪湿地往西延伸，一直连接到了我少年欢快生活的军营，以及我当年就读的学校，现在的杭州西湖高级中学。人生中许多看似偶然的际遇，实际上都是某种宿命般的必然，当你在朦胧的轨迹中下意识地行进时，其实那是命运在向你呼唤。西溪原本就涵蕴了许多美丽传说，自然的造化和人文积淀，激发了性灵中的浪漫真纯，发为歌诗也就成了必然的回归。所以当我把目光投射到西溪湿地的时候，仿佛多年漂泊的心灵也找到了相应的寄寓，而西溪更深一层的隐喻，那就是我的母校。我读书时候的杭州大学中文系，就在西溪河下，而杭州大学并入浙江大学后又被称作西溪校区。孔子说：“智者乐水，仁者乐山。”山水之乐皆为所爱，尝自谓若山水之间止得其一，吾其与山。看来在聪明和宅心仁厚之间，我更倾向于后者。我总以为在自己的秉性中，仁的一面超乎智的一面，这似乎也是我对过往溪山一往情深的某种解释。2007 年我在西溪源头的小和山下，依山傍水置办了一套房子，便于晚年可以举步临水悠然看山，更加自由地呼吸清新空气。于是西溪不但贯通了我生命中过往的记忆，而且为我舒展了一幅更加绚丽的画卷，宛然掀开了一页新的生活，注入了生命和情感的活力。因此也自然成为我灵魂深处的文化象征，注定演绎出梦里千寻的记忆符号。

“栖”的本义就有安居隐逸和寄寓之意，杭州又有“云栖”佳景，山峦苍翠修竹万竿，休息之日我和家人也间或小住，是以本书名之“栖溪”还包含了一种时空的连接。人的一生中会经历许多事情，不论是皇皇大业还是一己之情，可能有不少还会铭心刻骨，但若比之于自然山水之永恒，则往往显得微不足道。所以一旦你寻找到自然的寄托，就会相应地淡化世俗的牵累。怡情山水诚如欧阳公所言：“山水之乐，得之心而寓之酒也。”我不善酒，只能把内心的感触寄诸山水，把山水投射的情怀，形诸诗词，如此这般便也成就了《栖溪风月》。

三

起初也曾因自己写作题材的狭隘，以及作品主题单一与缺少壮阔社会感而偶感困惑。按照传统的道统观念，一味的风花雪月，比之于经世纬国的教化来，总显得有点上不了台面。况且流行的评论也对表现题材给予大小之分，似乎写风月、写一己之怀只能属于狭小的呻吟，其间难免会隐隐产生一种道德压力。现在想来这种传统观念本身就值得怀疑，它很可能是那些取得高位作为统治者的文人，为自己安居高庙所寻找的某种借口，并把这种意识加以理论化和伦理化，通过简单的大小之分，使之成为一种统治性的文化传统，以便理所当然地让自己永远处于超越式主导势态。他也不是不要风月，只是在风月的同时又标榜自己只把风月看作是闲暇的游戏。其实绝大多数的文人包括诗人，都是和芸芸众生一样的普通百姓，从人性层面上说，风花雪月比国家大事更贴近于自己，至少更加颐养性情、更具有娱乐价值。认识到这点也就不难理解，为什么古往今来的诗词，那些所谓表现重大题材的作品，远远不如一些清新的风花雪月之作更加脍炙人口、耳熟能详。我自己在早年的专业阶段，也曾有过一个不敢公之于众的秘密，那就是诵读古典诗歌名作时，几乎无法卒读屈原的《离骚》及杜甫的《北征》之类的作品，而这些作品恰恰是文学史上素为称道的鸿篇巨制。

看来我们赋予诗词的担荷确实太沉重了。幸好当我回归诗词写作的时候，已经开始迈入生命的秋天，秋天是一个成熟从容的季节，有怅惘有热烈，更多的则是有清空气爽的寥廓。所以我声言把诗词写作看作是飘逸性情，也看作是一种游戏娱乐。这不仅涉及对诗词作为艺术表现形态的本体论认识，也关乎对其发展走向的洞察。我们的正统观念里一向排斥娱乐，认为娱乐就是不务正业，谆谆告诫大家业精于勤而荒于嬉，没有认识到娱乐其实是人的本质性需要。而诗词与其说是抒发感情的工具，还不如说是一种技巧性的娱乐方式，因为抒情本身就是人性愉悦需要的一种呈现，在这点上诗词恰好满足了娱乐的游戏规则，它的韵律法则和技巧，如同一切戏剧歌舞表现须有形式规则一样。司马迁说："诗三百篇，大抵圣贤发愤所为作也。"也就是我们时常说的愤怒出诗人，为什么诗人们在表达那么激烈感情的时候，仍旧不忘循规蹈矩谨守格律，可见发愤的抒情也具有娱乐性的游戏成分。如此说来，诗词写风花雪月，则更是顺理成章了。

就在颇感困惑不谙之际，好友韩水法教授谈及，素负声望的古典文学研究耆宿、北京大学中文系袁行霈教授曾说起：诗词要写情爱方写得美。闻得此言顿觉豁然，大表赞赏。我曾将此言转述两位写新诗的朋友，立刻获得了高度的回应。细想来这情爱自然也属于风花雪月范畴，而古往今来的好诗词往往多为情爱之作，没有情没有爱那诗词定然没有味道。我最早读词始于传为李白所作的《忆秦娥》和《菩萨蛮》，那里面就写了情爱："暝色入高楼，有人楼上愁"，"秦娥梦断秦楼月。秦楼月，年年柳色，灞陵伤别。"这楼上的不是佳人是什么，她愁什么，还不是一个"情"字？灞陵伤别，岂不就是后来柳永铺陈开来的"都门帐饮无绪，留恋处，兰舟催发。执手相看泪眼，竟无语凝噎。今宵酒醒何处？杨柳岸、晓风残月。"爱与死是文学中两个永恒的主题，用现在的话说就是"普适性"很高。唯其如此，李白的两首小词，才会被看作是千古绝唱。所谓"问世间、情为何物"，情是人之为人的共性特质，人皆有情，是故个体之情也恒为人所钟情，乃至如南唐李后主那些伤楚之词，虽写身世之叹，然其感慨之深也断非一己之情所能圈限。

诗词之情具有多重表现，无非是我更侧重其自娱之情，并且把这种功能加以放大而已。自娱之情缘情而不溺于情，且因其含有某种游戏娱乐成分，就更能感受轻灵的写作体验。我写诗词往往都是兴之所至信笔驰纵一挥而就，写好后也很少有搁置多日字斟句酌、深思熟虑的推敲，也是因了这种游戏状态，未必就一定要有多么深沉的感慨。也许这更切合我理想人生的某种期许和向往，就是庄子所称道的那种“游”，游于物外、游刃有余、游心太玄的“游”。在古典诗词严格的法度之中，寻求语言表现的自由升华，没有一种“游”的心怀则很难抵达境界。而既然视填词作诗为一种自娱人生的游乐，那就必须谨守诗词的游戏规则，包括它的韵律章法，它在发展过程中约定俗成的表达习惯和长期积淀产生的意象比兴，只有如此才能够在维护诗词迁延价值的同时，保持个人创作的继承创新。本集共收录作品290篇，其中长短句129篇、近体诗161篇，我没有仔细计算多少篇什出之于“游”，但可以肯定，那些友朋酬唱之作大都属怡乐之咏。“游”显然有利于对诗词格律的探究，其间用韵，长短句大体依《词林正韵》，近体诗则主要从《平水韵》，间或也有用《中华新韵》者。创作中偶有出律之处，多为不想屈就平仄而破坏意境，此亦所谓“不以词害意”者乎？

风月铺陈，结集既成，多有感荷，是以为纪。集中题图插画，皆出于拙荆蔡茜丹青描摹，又得老友水法教授赐序，更复杨玲总编鼓励出版，人生际遇有此良友佳人，得非天之幸欤？无以言表，揖首敬谢。

卫军英

2014年9月25日

于杭州栖溪阁

上编

长短句129首

金缕曲　和友人自述

2008. 7. 20

北京大学韩水法教授系我早年同窗好友，30 年前考入北大，此后长在京华。忆昔少年，文章歌赋，时相酬唱。犹记社科院博士宿舍，偕振华二三子，长歌浩荡，指点江山，呼酒达旦。而今岁月迢递，久无唱和，李白“大雅久不作，吾衰竟谁陈”，其谓之乎？向日韩教授作《金缕曲・五十自述》，木犹如此，情何以堪？乃以和韵，聊作记忆。《金缕曲》又名《贺新郎》《乳燕飞》《貂裘换酒》，最早见于苏轼《东坡乐府》，龙榆生先生尝谓其“唯句豆平仄，与诸家多不合”。稼轩诸人豪放，尤喜此调，“凡一百十六字，前后片各六仄韵。大抵用入声部韵者较激壮，用上去声韵部者较凄郁，贵能各适物宜耳”。

逝者如斯矣。
怅流年、交游零落，几人堪记？
呼酒曾经唱金缕，辞笔春风知己。
回首处云飞浪起。
指点江山年少事，率性情任此生真意。
目欲泪，向天立。

诗书万卷穷通理。
倚文章、经纶天下，几番碰壁。
烟雨消磨平生志，便做云山飘逸。
纵风月、依然浩气。
问舍求田无羞见，看东篱夜寐还朝起。
对故友、再相揖。

附

韩水法　《金缕曲·五十自述》

天命知吾矣！
念漂泊、一蓑烟雨，旧梦难记。
有酒难浇故乡土，何必长安知己！
想野渡鹤飞潮起。
香雪三春花自放，任诗书辜负多情意。
黄昏后，人独立。

鼎沸神州怎料理？
看逐鹿、尘埃满面，却图破壁。
壮志难酬人易老，回首青山飘逸。
唯庙堂、谁家生气？
混沌一开天将雨，倩长河荡涤从头起。
歌浩然，作长揖。

江城子　中秋次韵

2008. 9. 14

秋云闭月奈何天，未团团，问婵娟。
一枕淅声，前度梦中眠。
泪尽红烛终是客，沧桑过，意萧然。

流光如水与谁看，画檐边，更翩翩。
唤取青春，浊酒对窗前。
旧时明月还依旧，千古意，总难圆。

附

马昌凤　《江城子·调寄中秋》

抬头仰望九重天，练团团，影娟娟。
风静云闲，照我夜无眠。
谁与举杯邀桂魄，同品道，共陶然。

浮生能有几回看，向窗边，想联翩。
曙夜凉生，悄立小轩前。
唯愿人如秋殿月，圆复缺，缺还圆。

永遇乐　雨中登黄鹤楼

2009. 3. 3

2月26日杭州飞武昌，两地阴雨。次日雨中登黄鹤楼，谈笑千古江山。越明日，午后归时，依然细雨绵绵。同行诸君皆诣杭州，独我向宁波浙江大学软件学院授课。班机尚晚，孤身机场就便咖啡座，一杯茶一碗面，手机草成《永遇乐》一阕。此亦苏辛喜用词牌，颇有浩荡之气。古人登楼，长忆黄鹤，而今登楼，悠悠沧桑，抚今感昔，千古一矣。

烟雨迷离，龟蛇藏迹，黄鹤楼上。
目尽江天，楚云寥廓，寂寞谁吟唱。
横戈勒马，舳舻千里，铁锁销沉沙浪。
纵荆襄、维扬剑指，金陵降幡北向。

如烟往事，渔樵残照，留取几多惆怅？
零落情怀，忧伤难忘，慷慨犹思量。
江山依旧，浮生若水，对酒长歌宏放。
问黄鹤、几时归去，与君浩荡。

水龙吟　姑苏行

2009. 6. 1

淡烟迷漫姑苏，阊门水远思无际。[1]
吴王故里，胥台旧地，麋鹿游迹。[2]
海棠轻愁，芭蕉微雨，秋风迢递。
问呢哝软语，枫桥灯火，乌啼月、钟传意。

鲈脍莼羹堪忆，算功名、值得几许。[3]
长编阅尽，诗书零落，风流豪气。
红袖当歌，绿杯呼酒，浮生如寄。
怅流年暗换，东风不染，与何人语？

【注释】

①阊门：苏州古城之西门，始建于春秋时期。相传孙武、伍子胥伐楚由此出入，又称“破楚门”。阊门为古代苏州繁盛之地，素以代指苏州。

②胥台：即姑苏台，在苏州城外西南隅的姑苏山上。相传吴王夫差战胜越国之后，享乐无度，伍子胥曾劝谏：“臣今见麋鹿游姑苏之台也。”意指繁华之地变为荒凉之所，暗示国家沦亡。

③鲈脍莼羹：《世说新语》载“张翰在洛，见秋风起，因思吴中莼菜羹、鲈鱼脍，曰：‘人生贵得适意尔，何能羁宦数千里以要名爵？’遂命驾归。”

沁园春　国庆奉韵

2009. 9. 25

国庆逢60周年大庆，学校要求老师诗文纪念，遂步毛原韵草成《沁园春》一首。想当年毛泽东以此调咏北国之雪，目空万古英雄，烽烟百战，终成大业。而今中国崛起，颇有腾飞之势。歌舞升平，美伦曼妙，国庆阅兵，大气磅礴。句成唯觉感慨浮泛，典颂粗疏。早年读诗，看柳亚、郭老之辈奉和国庆，率皆无味。而今奉制作颂，始信其难为也。

万里江山，寥廓清秋，赤旗正飘。
看大河苍莽，回流百折，慷慨东去，舒卷滔滔。
五岳恢弘，藏龙卧虎，浮云聚海与天高。
汉唐地、正青春焕发，相竞妖娆。

笙歌百媚千娇，曼舞起杨柳小蛮腰。
却雄姿英发，鼓乐浩荡，金戈铁马，独领风骚。
崛起中华，和谐世界，锦绣山河从容雕。
六十载、恰辉煌岁月，天下归朝。

洞仙歌　西溪秋夜闲步

2009. 9. 30

西溪秋色，正闲逸图晚。
徐步横桥越连栈。
过孤亭、小径环绕丛林，阑干外、弯月如眉初现。

夜风还解意，桂影飘香，却是新凉景无限。
想旧日风情，旧时文章，新月在、旧人不见。
又华发平添更萧然，却有幸、怡情快哉成惯。

桂枝香　初阳台中秋望月

2009. 10. 3

登高放眼。正明月当空，清辉无限。
潇洒西子如镜，之江如练。
扶疏桂影浮香氲，向西风、漫说缱绻。
吴刚清苦，嫦娥心事，至今感叹。

酒一樽、湖山烂漫。
且浩歌初阳，壮怀辽远。
表里澄清如月，冰心一片。
浮生自在泯荣辱，闲情悠然可为鉴。
去年明月，今年明月，愿长相伴。

寿星明　次韵一阕

2009. 12. 11

薄酒归来见燕清新词《寿星明》，兴味方浓，遂步韵一首。《寿星明》即《沁园春》，格局开张，宜抒壮阔豪迈之情。然燕清之作婉约蕴藉，悠远绵长。我不善秾丽，虽然次韵，仍不觉放旷，想来也是一种心性，好在也符合与友人相饮之际的放达。

秋尽江南，水色天光，揉碎乱云。
恰西溪信步，残红绿叶，小街深处，酒洌香陈。
随意芳菲，闲情逸事，却将金樽盛满匀。
莫相问，甚浮生如梦，把酒销魂。

人情古朴真纯。好都教浊醪为我温。
笑仕途曲折，沉浮宦海，鸳鸯旧梦，聚散离分。
秋菊当餐，佳茗堪饮，但幸携君自在身。
有佳丽，且新词一阕，此意欣欣。

附

关燕清 《寿星明·且寄》

漫眺岚烟，着意莺声，眷绕白云。
算岭南絮落，清香惯见，江城墨染，浓碧时陈。
如幻烟萦，似风尘荡，底事今朝两目匀？
盈盈处，正细挑锦字，轻暖消魂。

换得写意清纯。更袅袅幽香谁与温？
更玉兰催酒，芬芳轻溢，冰裳染翠，妩媚浓分。
对晚琴弹，合眸轻祝，且化清愁一个身。
书香遣，愿竹溪月下，诚拜欢欣。

卜算子　初见腊梅赋

2010. 1. 31

夜色已深，友人相携散步，沿西溪循河而行。蓦然香气袭人，举首道旁杂树之间，有腊梅绽放，往来人稀，寂寞无主。梅香馥郁，闻之顿感浊气自去三分。昨日尝言今年梅花未曾见，归来却想原来梅花不负于我，我也定将不负梅花，今日必得有诗。且用陆游《卜算子》原韵，作梅花词一首。

杂树叶扶疏，僻径无人主。
雪晚霜晨露断时，何处遮风雨。

清瘦委屈身，也不教人妒。
偶有幽香伴清辉，始信衔霜故。

附

陆游　《卜算子》

驿外断桥边，寂寞开无主。
已是黄昏独自愁，更著风和雨。

无意苦争春，一任群芳妒。
零落成泥碾作尘，只有香如故。

江梅引　庚寅正月西溪同游

2010. 2. 19

正月初五日与柏舟、湘明二兄相约西溪观梅，近处游人繁嚣，驱车远行西溪洪园。却是地僻人稀，一番好景仿佛皆备于我。洪氏初祖洪皓，南宋忠烈，后为秦桧所害，曾作《江梅引》四首。今步其原韵，且记同游。

西溪风月觅新梅。
几枝开，几人来？
料峭春寒、遗迹旧亭台。
水碧芦白长堤外，掩孤笠，垂纶客，知是谁。

回望频顾怜冷蕊。
正相悦，谈笑里。
瘦影连绮。问花事、眉采神飞。
野径人稀、香韵暗沾衣。
好景良辰君与我，且斟酒，和东风，任尔吹。

附

洪皓 《江梅引》(其一)

天涯除馆忆江梅。
几枝开，使南来。
还带余杭、春信到燕台。
准拟寒英聊慰远，隔山水，应销落，赴诉谁。

空恁遐想笑摘蕊。
断回肠，思故里。
漫弹绿绮。引三弄、不觉魂飞。
更听胡笳、哀怨泪沾衣。
乱插繁花须异日，待孤讽，怕东风，一夜吹。

扬州慢 西湖情

2010. 3. 11

向日诸君作《扬州慢》，有“西湖雨”“西湖梦”，其时即有相和之意，奈学校诸事繁忙，扰我风月之心。终于今日悠闲，恰风和日丽，正西湖踏青。西湖雨、西湖梦，了不断一个西湖情。苏轼尝把西湖比西子，佳人有情，旧约新盟，却寄一生依恋。

湖上新晴，柳堤才绿，婉约西子佳人。
乐明山秀水，赏早晚晨昏。
看不尽莺莺燕燕，娇声软语，轻诉低吟。
却寻思、情系春风，意在流云。

旧盟曾在，恰如今、眷顾犹深。
正韵致天然，清新婉丽，潇洒纯真。
信有断桥相会，三潭月、梦里千寻。
幸波光如画，相思都付泉林。

雨霖铃　春分作春词

2010. 3. 21

春分之日，西递宏村归来，用柳永原韵和友人春词一首。

惜春情切。
恰春分日，雨过风歇。
春风染柳催绿，红红白白，春花齐发。
驿外梅残、递溪水声咽如噎。
想逝水、此去何方，弥漫春云共辽阔。

浓情似水休言别。
又几番、落寞伤时节。
春来却怪春去，春未老、趁他春月。
但向花前，春色十分好景凭设。
觅短句、着意归来，却与骚人说。

西江月　咏茶花

2010. 4. 27

很喜欢野外的山茶花，但却从不知道其花性。品味湘兄《西江月》咏茶花词，查知茶花的花期，从10月到次年5月。如此好看的花这么长的开放周期，且从不争奇斗艳，尤其是散落山间溪旁的景象，似乎别有一种寄情含意的隐喻。

秋意蔓延春暮，繁华五月犹燃。
风霜雪雨信悠闲，自在枝头烂漫。

一任寒梅奇俏，无关桃李争妍。
傍山临水语潺潺，不负平生散淡。

附

陈湘明　《西江月·咏茶花》

新萼依霜萌动，风姿照雪怡燃。
万绿丛中独自闲，远赞梅花烂漫。

但沐熏风微醉，更披潇雨尤妍。
溪流萍翠笑声潺，也妒伊芳疏淡。

附韵词二首

2010. 5. 29

向日刘俊明兄作《忆江南》组词，尽写南京大学历史变迁。讽咏之间颇有感慨，遂由南大而及南京。寻又见湘明作《定风波》，写五月印象，日前与友人观雨议事，颇觉兴致，归来乃即兴步韵。

一　忆江南

金陵梦，却忆旧江山。
六代繁华犹在否，一衣带水且贪欢。
儿女情呢喃。

胭脂井，石头不平凡。
梦断秦淮犹有恨，香销莫愁未曾闲。
社稷古来艰。

二　定风波

绿雨轻阴别样匆，淡妆西子旧颜容。
云约湖山不显露，此处，不识面目在其中。

醉饮良宵谁愿醒，心憬，却嗔夏雨念春风。
向晚归来天色暗，还看，心如清淡意如空。

汉宫春　龙井八景

2010. 6. 11

嘉树清阴，看四围山色，绿苒如屏。
龙池水浅影叠，二老临亭。[1]
曦微叶密，一杯茶、谈笑如风。
回首问、涤心沼在，可涤儿女闲情？[2]

常叹浮生如梦，甚生生世世，此梦迴萦。
凭说旧时燕子，腰细身轻。
纤纤一握，但记她、笑眼盈盈。
谁眷念、茶香飘尽，孤灯独数落英。

【注释】

①“龙井八景”有龙泓涧，系西湖四大母亲溪之一。溪上有亭谓之过溪亭。相传苏东坡上山拜访高僧辨才，两人一见如故，秉烛夜谈，次日辨才送苏东坡下山不觉过溪，后人于送别处建亭，又名“二老亭”。

②“涤心沼”系龙井八景之一，为风篁岭南面一方形水池，史称涤心沼。

永遇乐　湛碧楼赏荷

2010.7.18

7月17日，柏舟兄约与湘明君曲院风荷湛碧楼赏荷花。荷在水中，接叶回廊，珠绿相衔，灼红玉立。素爱苏轼《永遇乐》词中“曲港跳鱼，圆荷泻露，寂寞无人见”之句，故步其韵成咏荷之作。

菡萏嫣然，亭亭青盖，清趣何限。[1]
湛碧楼前，凌波未过，淡雅凭谁见？
白石梦里，冷香幽韵，此意几番中断。[2]
念江郎、莲花成赋，北棹南菱寻遍。[3]

柏兄相约，湘君为伴，舒展一天眉眼。
谈笑风生，酒侣诗朋，趁酒说飞燕。

【注释】

①菡萏：荷花别称。南唐李璟《浣溪沙》词有“菡萏香销翠叶残，西风愁起绿波间”句。

②南宋姜白石《念奴娇》写荷花，有“冷香飞上诗句”，甚是别致。

③南朝江淹尝作《莲花赋》，有“河北棹歌之姝，江南采菱之女”句。

有蜻蜓在，新荷尖上，岂管尘俗恩怨。
横塘路、索文觅句，自相感叹。①

附

苏轼　《永遇乐》
（彭城夜宿燕子楼，梦盼盼，因作此词）

明月如霜，好风如水，清景无限。
曲港跳鱼，圆荷泻露，寂寞无人见。
紞如三鼓，铿然一叶，黯黯梦云惊断。
夜茫茫，重寻无处，觉来小园行遍。

天涯倦客，山中归路，望断故园心眼。
燕子楼空，佳人何在，空锁楼中燕。
古今如梦，何曾梦觉，但有旧欢新怨。
异时对，黄楼夜景，为余浩叹。

【注释】

①贺方回《青玉案》有“凌波不过横塘路，但目送、芳尘去”，词意曼妙，想象无穷。

洞仙歌　西湖唱和二首

2010.7.26

燕清女才子过杭州，约柏舟、湘明与余雅聚西湖之镜湖厅。是夜清风送爽，月色朦胧，湖上莲叶田田，对面孤山绰约。跨西泠桥，小径徐行，诸位相约各赋《洞仙歌》。其时燕清余音未尽，又成一首，我也随兴步苏东坡韵再和一首，并附之于后。

其一　过苏小小墓

孤山月色，正朦胧风晚。
临水萍踪隐隐见。
想红颜、玉骨不胜冰肌，清雨夜、寂寞西泠桥畔。

芙蕖曾照影，蝶粉余香，多少风流梦魂断。
往事莫思量，啼血杜鹃，一抔土、千秋感叹。
幸花落犹似坠楼人，倘柳衰荷残，又谁人赞？

其二　次韵苏东坡

西湖美意，恰桂前荷后。
一任诗情付烟柳。
淡然妆、婉丽风流标格，依旧是、洒落清新雅秀。

素弦声起处，骋目无人，谁把琴音弄晴昼？
但回顾身前，见说箫筝，曲未竟、惜花人瘦。
又还道学人唱和多，且尽此中欢，莫要眉皱。

附　诸位同调四首

关燕清二首

其一　荷

烟波梦醒，有晶莹香汗。
颜素堪为最娇软。
历尘寰、灼灼浑似彤霞，修千载、一霎芳华也乱。

且把梦沉说，寂寞留连，江南陌、深情无转。
前尘常怨詈，莫使韶华，纤雨霏烟渡河汉。
但一场婆娑几时休？叹梦里词间，不曾更换。

其二　西湖会友（用前韵）

婆娑荷影，倩轻风深院。
吹漫君前欲青眼。
念花灵轻眷，彩凤初招，凭唱和，且话年来深浅。

笔花波心荡，不在红尘，仙洞桃源最慵懒。
约暂弃今宵，小醉诗情，初初把，痴迷销散。
任宛转迂回碧波看，向梦里江南，一些婉婉。

陈湘明（西泠遐思）

雅聚西泠，正夕阳无限。
一抹流霞驾帆远。
伫云亭、笑指孤影孤山，矜婉约、直把长堤吟遍。

竹楼飞古韵，空谷回声，疑是行云畅河汉。
醉问月朦胧，浩瀚穹苍，沉多少、短章长卷？
任雨打风吹始风流，算只有芙蕖，素颜凭叹。

柏舟（夏夜吟）

伏中凉夏，觅湖边清悦。
水面风荷影摇曳。
荡莲舟、惊起鸥鹭东西，轻似梦、岛屿楼台明灭。

约来同醉饮，论韵评章，今古风骚几英杰？
此夜意何如，水岸山陂，添一曲，箫音切切。
怆怀处、悠思渺云空，看数点疏星，一轮孤月。

鹊桥仙　咏叹七夕

2010. 8. 16

见说今日七夕，原是牵牛织女相会日，古往今来多少美丽寄托，把爱情衬托得格外圣洁。牛郎织女的传说最早见于《诗经·大东》，距今至少也有两三千年了。后来诗词中写得最好的，大概要数《古诗十九首》中的“迢迢牵牛星”和秦观的《鹊桥仙》（纤云弄巧）吧。美好的爱情大都存在于文学和传说中，那是因为现实中她的保鲜期没有那么长，所以流行歌曲唱的是“不在乎天长地久，只要曾经拥有”。有所感，乃用秦观原韵成一阕。

高台云住，暑热未去，屈指金风几度？
见说道玉露佳期，鹊桥事谁能胜数。

清清河汉，盈盈一水，照影凌波归路。
曾经拥有奈流年，甚长久人情迟暮。

木兰花慢　中秋无月

2010. 9. 22

曾经相约定，料今夜、也难留。
问细雨梧桐，姮娥未见，桂影中秋。
不知路途渺远，但长风万里去悠悠。
剩把千般遗恨，赋予水岸山头。

无言独自上高楼，寂寞令人愁。
想交往平生，清清月色，几与沉浮。
殷勤未尝负我，更今宵思念泪空流。
从此且尽往后，伴她圆缺如钩。

汉宫春　丽日秋怀

2010. 10. 3

国庆雨后，适友人山墅，坐谈文章，漫步湖外，正斜阳落日，远山近水，一派好光景。及初闻新桂飘香，心情大爽。想古来感秋，率皆凄凉，却不知此番，正是开阔好胸怀也。归步韵稼轩，成秋词一阕。

落日熔金，恰风轻气爽，水岸山庐。
几番清雨过后，光景尤殊。
天连远树，映参差、叶茂枝疏。
秋未尽、衡阳雁信，长空杳杳全无。

却忆古来章句，也风流蕴藉，慷慨何如？
由他感伤节气，宿醉愁余。
谁人却似，罢征帆、品味莼鲈。
阑影外、悄然桂色，斜阳一抹新书。

附

辛弃疾　《汉宫春·会稽秋风亭》

亭上秋风，记去年袅袅，曾到吾庐。
山河举目虽异，风景非殊。
功成者去，觉团扇、便与人疏。
吹不断，斜阳依旧，茫茫禹迹都无。

千古茂陵词在，甚风流章句，解拟相如。
只今木落江冷，眇眇愁余。
故人书报，莫因循、忘却莼鲈。
谁念我，新凉灯火，一编太史公书。

念奴娇　过钱塘江

2010. 10. 26

恰滨江归来，桥横钱塘，俯仰之间，江天如画；有六和之塔，月轮之山，更兼一点秋色。感慨自然人生，乃命笔作歌。

秋风吹尽，寒初侵、一带清江如雪。
澹澹流波轻浸处，冷光柔和霁色。
寥廓云天，依稀掩映，葳蕤藏红叶。
沧桑塔影，陆离还凭谁说。

回望云树参差，峦峰如峙，沉默长相阅。
世事漫随流水去，看遍古今湮灭。
却信人生，区区百载，迷梦失蝴蝶。
何当超越，此心尘外空阔。

贺新郎　天命自题

2010. 11. 6

岁暮物华歇。
正江南、青山隐隐，秋尽时节。
未许西风来时路，何故风霜急切。
染几缕、青丝如雪。
自负沧桑人不老，却浅斟不胜寒江月。
情与貌，两清越。

三十轻抛四十别。
料无违、已然知命，梦回思绝。
浮世功名皆尘土，壮志几番明灭。
更莫怪、雁心未决。
感念人生八千里，似而今知我唯秋叶。
歌且贺，自相悦。

凤凰台上忆吹箫　寄赠

2010. 11. 23

早年读李清照《凤凰台上忆吹箫》，甚喜此调，想续为一阕却未成章。日前友人对话，说起杭州云栖与西溪一样空灵，且云栖更具世外桃源般的闲逸之气。又飞照云栖三角梅，竟不知名状，幸有指识。今日上班路上，断断续续凑成章句，办公室午休时间且规整平仄，依韵聊为一阕。

风冷溪桥，月涵秋影，夜凉谁向云栖。
想伊人归去，路远人稀。
微倦浮尘浊雾，常日暮、修竹独敧。
清辉下、疏眉翠黛，玉骨冰肌。

依依。此番别过，翩若忆惊鸿，梦里嘘唏。
且宛然心事，秋草萋萋。
连晓角梅香韵，留意处、明艳凄迷。
还相似、凭栏浅嗔，笑靥轻怡。

秋韵小词三首

一　如梦令

2010. 11. 19

常忆玉泉草地，潭浅树深鱼寂。
秋色冷苍苔，照水叶疏枝密。
归去，归去，梦里几番心意。

二　浣溪沙　秋韵

2010. 12. 13

古树清流绕远村，
小桥横越度游人。
瓦檐绿叶自然新。

白鹭未归青浦岸，
苇风却向蒹葭林。
笙歌何处媚吴音。

三　踏莎行　婉约小词

2010. 12. 13

雨润青樟，风回瘦竹。一溪碧水流苍郁。
温馨犹染室中花，薄寒未尽窗前绿。

笑靥含情，流波盈目。纤纤素手皎如玉。
茗香斜倚试新词，凭谁书卷从头读。

江城子　飞雪寄意

2011. 1. 19

纷纷雪舞意茫茫。
长思量，几曾忘。
芦花飞白，孤影也苍凉。
犹记竹山归去路，倚素裹，浅如霜。

拟温越酒玉壶香。
纵寒窗，淡然妆。
绿杯红袖，清韵两三行。
今夜梦中心似雪，相对饮，醉河冈。

瑞鹤仙　西溪泛舟高庄饮酒

2011. 1. 27

柏、湘二兄相约西溪泛舟，其时积雪未除，曲径遮蔽。踏雪问渡，见腊梅花尽且新蕊幼红。恰舟行寒溪，苇风白鹭，林木疏离而岸草未凋。回归高庄对饮，且说柏兄蓬山好梦，一壶浊酒，几番心思。自谓词当有情，相约取《瑞鹤仙》为依，兼送柏舟兄。

雪连亭外树，行渐远、却向渔樵问渡。
寒溪旧时路，腊梅花凋尽，几番回顾。
花期竟误，幸有她、新蕾无数。
且殷勤记取，春信报来，无论何处。

漫道人情世故，梦影萍踪，水流舟住。
苇风与否？佳期在、共鸥鹭。
尽一尊浊酒，人来人去，风流延饮日暮。
念花开楚楚，从此莫相辜负。

一剪梅　超山探梅

2011. 2. 13

2 月 2 日水法在杭州，相与聚于西泠，眺望西湖，渺远宁静。下午又约浙江大学哲学系董平、应奇二教授往超山观梅，向晚共老友振华驱车绍兴安昌古镇。浏览山水，放浪形骸之外，谈笑风生，了无世俗滞障，此中真意，未能尽悟，聊且以词为记。

梅破江南风也平。
瘦韵微黄，浅笑轻红。
酒朋诗侣且无拘，漠漠轻寒，人在超峰。

花也多情人也融。
弘放心怀，妙对如风。
问梅花已尽冬寒，冬去春来，更显从容。

蝶恋花　春日步韵五首

2011. 3. 14

《蝶恋花》在五代、北宋词人中大多被用来写闲情，日前元宵节见有燕清作《蝶恋花》5首，依然纤丽，今者亦如此逐韵效法。

一　春晓惊梦

夜静思深人未觉。
两靥依稀，浅笑隔帘幕。
曙色无端连巷陌，悄然早起入帷幄。

窗外梅残花几度。
晓月弯弯，柳叶还相若。
不羡桃红争灼灼，却嗔梦被东风掠。

二　春日系思

心事缠绵常顾问。
眷念时时，那里得穷尽。
自度韶光余几寸，相逢切莫心思吝。

一霎别离生郁闷。
才下眉头，偏又垂音讯。
记取娉婷声色润，埋头却看些儿信。

三　春风锦城

锦里花开三月后。
观水都江，问道青城柳。
司马琴台轻沽酒，卓君当垆红酥手。

福地洞天参不透。
心攻人容，审势唯君侯。
千古风流谁铸就，东风从此常思又。

四　春游芳菲

闲染春风飘蓬转。
梦里云飞，杨柳轻絮乱。
茜袖从风挹露展，黄莺隔叶轻声见。

邂逅相逢难妙算。
细雨花心，有暗香拂面。
天上人间枉顾眷，从今长忆芳菲甸。

五　春入元夕

昨夜梦长人浅睡。
梦里依稀，记取别离未？
别后相思如逝水，话儿却共心儿碎。

寄我相思千滴泪。
今夜元宵，谙尽孤眠味。
不管东风兰与蕙，休得聚散常相慰。

念奴娇　清明步韵稼轩

2011. 4. 6

绮窗日暖，正扶苏绿影，晚春时节。
昨夜梦长人未知，梦醒人情犹怯。
帘外香樟，枝横叶舞，不肯些儿别。
万千话语，别来还向谁说。

细数花落花开，清明又过，有几多风月。
人道是浮生苦短，何必阳关三叠。
好景难期，好花不再，堪折直须折。
明朝花谢，醉樽空对华发。

附

辛弃疾　《念奴娇·书东流村壁》

野棠花落，又匆匆、过了清明时节。
刬地东风欺客梦，一枕云屏寒怯。
曲岸持觞，垂杨系马，此地曾轻别。
楼空人去，旧游飞燕能说。

闻道绮陌东头，行人长见，帘底纤纤月。
旧恨春江流未断，新恨云山千叠。
料得明朝，尊前重见，镜里花难折。
也应惊问，近来多少华发。

菩萨蛮　借韵太白飞卿二首

2011. 4. 28

太白《菩萨蛮》《忆秦娥》之作，传为千古词曲之始；又温飞卿花间之祖，其词擅闺情，暮春步韵仿其规制。

其一

东风渐老轻烟织，翩跹杨柳新丝碧。
曙色连高楼，宿梦了无愁。

落花人独立，去路归心急。
迢递数行程，湖山忆晚亭。

其二

春风染柳还相忆，娉娉袅袅娇无力。
草色正萋萋，不闻车马嘶。

皓腕凝玉翠，波影秋欲泪。
夜月子规啼，风华归路迷。

醉蓬莱　贺赠友人二首

一　贺柏舟伉俪

2011. 5. 9

又家山绿染，夏木浓荫，踏阶龙井。
日丽风和，望青山叠影。
素远云飞，碧连高树，向野茶幽径。
梦里千寻，呢喃燕语，聚成佳景。

莫道人生，几多恩怨，后果前因，夙缘修定。
越陌度阡，甚路遥途迥。
追梦蓬莱，信衔青鸟，诉此心明镜。
海阔情浓，花开一蒂，水长人永。

二　前韵答绥阳兄

2011. 5. 16

念长安路远，太液芙蓉，未央宫井。
暮色苍茫，正柏松清影。
千里传书，妙词佳句，寄我归时径。
逸情高韵，风流万种，尽成风景。

雅咏高台，二三童子，曾点铿然，气闲神定。
沉醉兰章，惜路遥人迥。
渐老春风，绿满新夏，鉴此心如镜。
故地神游，何时相约，酒香茶永。

附

陈绥阳　《醉蓬莱》

（次韵卫军英贺柏舟伉俪）

正无穷碧叶，潋滟湖光，龙游村井。
点墨云栖，有数峰飘影。
贤翠南巡，蓬莱北顾，对海天仙径。
应念人生，善缘几许？这般情景。

问道诗词，殷勤桃李，淡泊茶香，雪梅禅定。
桴舸三山，信宝阶高迥。
心印齐眉，和琴御瑟，共文窗银镜。
雅兴壶觞，清辉满地，玉蟾同永。

满庭芳　随兴

2011. 5. 19

方醉蓬莱，长歌未竟，又见说满庭芳。
蔚然深秀，高韵约兰章。
姹紫嫣红尽在，疏篱下、一抹余香。
流连处、淡茶浓墨，对酒醉斜阳。

悠扬。闻素笛、花前月下，曲水流觞。
任冬雪春风，夏雨秋霜。
且共丹青笔墨，清平调、云想霓裳。
凭谁问、逍遥浮世，从此好时光。

巫山一段云　与君共销魂二首

2011. 6. 18

诸君作《巫山一段云》，不成想引得昌凤君出来，实乃意外之喜。昔邓艾口吃，晋文王打趣曰：“卿言艾艾，定是几艾?”邓艾对曰：“凤兮凤兮，故是一凤。”巧用《论语》楚狂接舆而歌，好生佩服。今且凤兮归来，借此入句。诸君唱和，再赋一阕。

其一

梅子黄时雨，江天日暮云。
凤兮何去竟牵魂，诗就与谁吟?

明月当时句，秋风犹自矜。
清荷碧叶韵相寻，珠露赋君新。

其二

铁马金戈志，关山征战魂。
一腔豪气干青云，壮哉杨月琴。

临阵何慷慨，秋风画角吟。
巾帼谈笑靖胡尘，归去理云鬓。

兰陵王　云栖竹居

2011. 6. 27

素喜长调白描铺叙手法，却从未尝试三叠长调。《兰陵王》见诸科学网后，我在评论回复中谈及自己写作时的想法：渴望一种艺术人生，常常以为艺术之妙在于把握自然的法度，成就心灵的光辉，艺术人生的诞生乃在于人性对自然的体悟和对世俗的超升。自然之道，要之于空，空诸一切，包诸一切。淡而化之，静而观之，涵而融之，游而戏之。如此自然，自成艺术，自在人生，自有空灵。也许这是一种长期积淀的人生理想，是中国文人心灵的桃花源。王羲之所谓“此地有崇山峻岭，茂林修竹”；陶渊明称道“有良田美池，桑竹之属”；杜甫谓“天寒翠袖薄，日暮倚修竹”；苏轼“宁可食无肉，不可居无竹”。宿云栖，正有竹风相伴。

晚风静，昨夜云栖竹影。
邀薄酒、相对浅樽，夏意微醺若仙境。
人生梦未醒。
乘兴，琴音似磬。
轩窗外、天籁无声，流水高山自清净。

逢君倍堪幸。
念尘世茫茫，路远山迥。
长空渺渺归程暝。
恰柳烟飘散，断雁惊秋，寒霜寂寞孤月冷。
负却好光景。

回省，且相庆。
悟执手因缘，前世修定。
平生尽数知天命。
但拈花微笑，细分香茗。
梅兰诗韵，居有竹，路有径。

词二首　荷花将归

一　青玉案　荷花忆

2011.7.4

去年曲院风荷路，看不尽凌波去。
湛碧楼前花又度，
雾失鸿影，月笼低户，有洞仙歌处。

素光如水归云暮，却忆当时觅佳句。
险韵诗成还自许，
玉消冰肌，柳残烟絮，寂寞风和雨。

二　踏莎行　旅人将归

2011.8.1

雨过星疏，天高风软，
轻云淡月悄然见。
流萤昨夜忆家山，鹧鸪声乱乡思染。

梦里相逢，微波牵线，
天涯望断行人远。
玫花细数凤归来，冰心汗漫凭谁管。

朝中措　中秋吟月二首

时近中秋，阴雨不断。总以为这个中秋夜晚又难见月光，借韵欧阳公《朝中措》聊表心意，不觉间竟有凄清之感，也许是秋日意象不免如此。不料天地风云难测，临到中秋之夜，月色澄明，表里清辉，当此之际，唯念东坡千古名句：“但愿人长久，千里共婵娟。”乃再赋一阕，聊表心意。

一　中秋无月

2011. 9. 11

重云阁月远清空，竹影雨声中。
独立楼台送目，回眸又是秋风。

萧索季节，凭栏念远，暮鼓晨钟。
昨夜梦回白露，今宵谁伴醉翁。

二　月色复明

2011. 9. 13

清风昨夜入蟾宫，桂影映寰中。
明月知我情意，嫦娥舒袖云空。

初阳逸景，叠山高树，侠侣萍踪。
却借清辉一片，与君把酒篱东。

附

蔡茜　《朝中措·和君兄》

蝉鸣秋色入汉宫，月影婆娑中。
韶华日将迟暮，孤云遥寄碧空。

初阳登顶，流光万土，醉意无踪。
且看楼台风雨，笑傲江湖西东。

酒泉子　西湖赠友二首

一　次韵潘阆长忆西湖

2011. 9. 27

湖畔云居，凉夜风轻波影细。
婷婷保俶系兰舟，弱柳正吟秋。

故园西向三千里，渭水叶落鸟惊起。
梦回龙井忆长竿，灞上远烟寒。

二　次韵潘阆长忆孤山

2011. 9. 29

湖上清嘉，犹伴青山还入梦，
秋风有意桂花开，为我夜间来。

蕊香魂细萦亭阁，淡月素辉沁轻铎。
世情疏远敞襟衣，露影木犀飞。

满庭芳　题写西溪秋照

2011. 10. 7

寻常写诗词都是有所感发形诸文字，抒情即景率皆如此。日前信手拍下几张照片，便想换一种方式，对着照片填词解说，又该是如何？未久《满庭芳》写好，因为照片的缘故，文字也受画面的影响，颇有“悲哉秋之为气也”的味道。其实当此之际并不如此伤感，虽然偶有银丝却也怡然自得，况比之于春光烂漫来，更喜秋意寥廓深沉。

梦里溪山，碧波寒树，秋风依旧流云。
远帆一片，烟水有渔村。
多少沧桑旧事，向离棹、聊共一樽。
亭台外、犹然绿柳，胜景更销魂。

潘鬓。悄然见、浮萍点点，莲睡花分。
任风老荷残、憔悴临门。
萧瑟谁堪望眼，伤情处、满目衰痕。
方归去、斜阳画舫，残照又黄昏。

题画词四首

一　女冠子　步韦庄韵

2011. 11. 22

两小无猜，犹记当年秋日，粟黄时。
云淡天高树，清气秀娥眉。

流光浮岁晚，夜月梦魂随。
迢递天涯路，心相知。

二　青门引　徽派旧居

昨夜春寒冷，深巷晓风初定。
重门寂寞石阶空，高檐白壁，记取旧时景。

梦随归客天涯醒，举目千山静。
觉来万里思忆，奈何又是当年病。

三　南歌子　江南水乡

2013. 3. 31

梦里家山远，风回夜月轻。
小桥流水画中行，又是云烟一派染清明。

柳叶垂丝细，桃花巧笑盈。
江南此刻正新晴，绿树杂花深处看群莺。

四　临江仙　梦忆江南

2013. 8. 18

万里流云惊客梦，梦回漏断残更。
关河路远塞风声，寄思天地外，情系杜鹃鸣。

却忆江南风景好，正当水秀山明。
湖深叶绿碧波清，蝉鸣高树上，隔岸看群英。

沁园春　贺科学网成立五周年

2011. 12. 29

科学网成立五周年，恰是我在科学网开博四周年。参与科学网纪念视频，五年一如新始，愿此后相伴永远。特赋《沁园春》一首，以表贺意。

何处相逢？别梦寒山，夜月露台。
恰风云网上，书生意气，从容海内，名仕情怀。
自在文章，奇葩硕果，妙论宏篇纷沓来。
长回顾、看云烟万里，春暖花开。

前尘旧事轻裁，幸高树疏枝早晚栽。
甚人情似水，浮生如梦，流光飞逝，岁月蒿莱。
四载交游，五年邂逅，不弃不离共徘徊。
何须辨、且青丝白发，尽性无猜。

苏幕遮　五彩滩并记

2012. 1. 7

看新疆五彩滩雅丹地貌照片，很有一种在莽苍浑朴的纯粹中油然而生的崇高感。这种感觉伴随着一种对原始自然的崇拜，以及在对人类历史观照中产生的自失。

百度“雅丹地貌”，其显然带着一种对自然力量从心底崇尚的口吻解释说：在极干旱地区的一些干涸的湖底，常因干涸裂开，风沿着这些裂隙吹蚀，裂隙越来越大，使原来平坦的地面发育成许多不规则的背鲫形垄脊和宽浅沟槽，这种支离破碎的地面成为雅丹地貌。“雅丹”在维吾尔语中的意思是“具有陡壁的小山包”。由于风的磨蚀作用，小山包的下部往往遭受较强的剥蚀作用，并逐渐形成向里凹的形态。如果小山包上部的岩层比较松散，在重力作用下就容易垮塌形成陡壁，形成雅丹地貌，因有些地貌外观如同古城堡，俗称魔鬼城。

古老的地形让人生出很多联想，中国古代关于雅丹地貌的记载，有东晋法显和尚的游记。他早在玄奘法师之前便去印度取经，并翻译经书，以65岁的高龄毅然西向历经13年终于归国。西行的雅丹地貌曾令一往无前的法显感到毛骨悚然，他在《佛国记》中写道“沙河中多有恶鬼热风”，这说的便是雅丹地带的奇特声响。从卫星照片中看这片古老的大地，更加生出一种宇宙人生情怀。我想到了古代的西域、想到了匈奴、想到了大宛、想到了龟兹、想到了吐蕃、想到了楼兰古国、想到了汉唐开拓疆土的征战……想到西域胡乐是唐宋词乐的一大起源，而《苏幕遮》是西域舞曲，时人常以此法祛除魔障，消解罗刹恶鬼食啖人民之灾。看来用这个词牌很符合描摹雅丹地貌。

莽丘横，天地绝。
荒号奇呼，绿水忽凝碧。
鬼斧神工成造物。
人世须臾，妄自称雄杰。

汉关风，域外雪。
大漠沧桑，饮马匈奴月。
千里胡笳羌笛歇。
梦破楼兰，残照旧城阙。

水龙吟　龙年第一韵

2012. 1. 23

夜来梅破春归，烟花飘散轻雪霁。
郊庐舍外，寒天远目，青山近水。
爆竹声乱，羽裳音软，彩灯迷离。
想东君何处，衡山缥缈，心虽许、人迟滞[1]。

打点无端思绪，有谁知，此时归意。
浅斟薄酒，温柔清梦，人生一醉。
风雨经年，名缰利锁，都成负累。
且珍惜眼下，春来冬去，享平和岁。

【注释】

①“衡山缥缈”句：相传衡山有回雁峰，北方大雁冬天寒冷南飞，到了衡阳就停下了，待到天暖之时再飞回。词的意思是说，春节虽然到了，但是天还是有点寒冷，春天之神似乎还远在衡山，这就仿佛我们内心有很多期待，却迟迟没有如期一样。

念奴娇　拟海南文昌石头公园

2012. 2. 1

海天寥廓，更东风、吹尽沧桑万物。
潮落沙痕流泪雨，徒有巉岩乱壁。
断楫摧樯，鱼龙潜跃，遗恨何曾雪。
洪波浪涌，葬埋多少豪杰？

寂寞江海蜉蝣，譬如朝露，弹指生华发。
说到英雄无限事，石破天惊云灭。
远影漂泊，往而不返，又有征帆发。
凭栏长叹，乱石空对明月。

小令三首　步韵杨晓虹

一　点绛唇

2012. 2. 20

料峭春寒，东风渐染不思别。
瘦梅新月，点点灯明灭。

顾念花开，不想花时谢。
情急切、寸阴谁借，幽梦逐明月。

二　采桑子

2012. 2. 22

西湖春早人情好，细萼羞红，晨雨蒙蒙。
水面云低依旧风。

长堤烟笼孤山远，桃柳枝空，寂寞围栊。
忽忆东坡曾此中。

三　相见欢

2012. 4. 16

孤云不系残红，落花匆。
弱柳飘絮无语怨轻风。

春去矣，流年逝，永难重。
谁向钱塘江畔水流东。

西湖词二首

一　忆江南　题照词

2012. 2. 20

西湖美，山水映曦阳。
旭日叠出飘丽影，寒枝横向成逆光。
画舫往来忙。

清波细，岸柳泛鹅黄。
扶橹渔歌声曼妙，疏林画照意沧桑。
且莫负芬芳。

二　临江仙　湖山寄意

2012. 2. 25

料峭春寒轻雪染，一枝独赏孤红。
青山秀水踏歌声。
斜桥疏丽影，执手过西泠。

华发渐生人未老，湖山信有鸥盟。
灵犀心在自然明。
凭栏林处士，无言寄平生。

好事近　次韵蔡茜

2012. 2. 29

今年2月29日，乃四年一逢之闰日，恰有佳音传来，即兴次韵一阕。

好事近

湖上问清寒，料峭雪轻情切。
疏影一枝独赏，看孤山梅色。

青山秀水寄鸥盟，春花伴秋月。
岁月任从迢递，尽此时佳节。

附

蔡茜　《好事近》

河渚泛舟归，雨打曲庵声切。
怅惘万般春恨，寄新茗青色。

梨园梦醒叹悲欢，暮鼓看明月。
夕照暗香缥缈，享逍遥时节。

一剪梅　同学会后

2012. 3. 20

细柳拂春风绕城。
塔影婷婷，碧水清澄。
当年此地意初萌，回望云天，志在鲲鹏。

烟雨沧桑忆归程。
庭院空空，但剩鸥盟。
相逢闲话诉平生，寂寞如歌，岁月如风。

汉宫春　偶入佳境

2012. 3. 25

九溪玫瑰园有幽境，穿过孔雀舒展的草坪，一潭湖水静谧地隐藏在春山中。水上青荇漂浮无声，两边高树浓荫投射湖中，愈发显得幽静。杂花生树，一路芬芳。人工匠心融合自然，曲径幽胜处，花榭亭阁，有“沐风”“凭雾”“听雨”多处休闲所在。四面无人，藤几就座，不觉竟浑然入梦。梦中恍然乐声唤回，原是手机古琴禅音。归来作《汉宫春》。

绚烂春风，染四围山色，丽影斑斓。
翩翩孔雀，绿池幽锁波间。
繁花野草，沐风亭、碧侵阑干。
凭雾处、当初谁记，曾经听雨临轩。

宁静不知魂远，忘栖身所在，梦入槐安。
仿佛凤箫婉转，皓腕朱颜。
清歌旖旎，向回廊、台阁西园。
忽唤醒、何如归去，清茶淡酒悠闲。

沁园春　宫墙柳

2012. 4. 15

清晓漫步紫禁城外护城河边，晨曦初露，路静人稀。看宫墙柳色青青，宫河清澄倒影，有老翁长竿独钓。适值渝州事发，联想朝中瓜葛，一时间宫阙旧事，忽如眼底，竟有“古今多少事，渔唱起三更”之感。归来作《沁园春》一首，聊为感叹。

漂泊浮尘，四月杨花，帝阙觅踪。
正红墙曦照，剪裁丽影，绿波微漾，拂水迷蒙。
最是无言，年年柳色，阅尽春秋依旧风。
谁牵系、向角楼夜月，残漏声中。

紫城寂寞相逢，任雨打风吹魂梦空。
念明疆辽远，传诏塞外，清廷路近，喋血深宫。
冠盖京华，重帏秘幕，咫尺天涯看钓翁。
宫墙柳、惯天机大事，犹自从容。

高阳台　赋郁金香

2012. 4. 21

曙色初露，窗外鸟鸣疑似鹧鸪声，骤然有春归之感。想到前些日子郁金香时节，伊人相约看郁金香未竟，又友人山宅见说有十万株郁金香，俗事叨扰终于没看成，短暂的花期就这么轻易错过。很多事情，原如一梦，稍有轻怠，倏然而逝。郁金香来自他国远乡，宛然美人飘忽梦中，扑朔迷离。鹧鸪叫声古人素以为“行不得也哥哥”，常寄惜别之情。念春来春去，鹧鸪声住，杜鹃声切，花事如风，人情如梦。调寄《高阳台》，赋郁金香一首。这是我第一次在词中大量使用典故，长短句用典是古来填词的一种传统，其好处是可以有所寄兴，能够扩展开更多的意蕴；不足处是读来往往颇有隔意，故且为之注并绎为今体。

罗带风回，清芬蕴藉，分明国色天香。
缱绻佳人，柔肢袅袅徜徉。
名花万里芳馨远，怎入得、小杜辞章。[①]
又兰陵、酒醉谪仙，琥珀流光。[②]

【注释】

①杜牧《偶呈郑先辈》诗：“不语亭亭俨薄妆，画裙双凤郁金香。西京才子旁看取，何似乔家那窈娘？”

②李白《客中行》诗：“兰陵美酒郁金香，玉碗盛来琥珀光。但使主人能醉客，不知何处是他乡。”

天台偶遇人轻别，鹧鸪惊残梦，梦后怆凉。③
宋玉神游，巫山暮雨高唐。④
汉皋解佩空余泪，应怜她、飘落他乡。⑤
叹春归、来日当歌，看伊新妆。

附

《赋郁金香》　今绎

像是春风拂动美丽的裙带啊
轻轻飘过含蕴的芬芳
哦，这高雅倾国的郁金香
仿佛缠绵的丽人

【注释】

③天台故事见刘义庆《幽明录》：相传东汉剡人刘晨、阮肇入天姥山采乌药，迷路乏食，摘桃充饥，路遇两仙女，姿容丽质，相邀结为伉俪。半年后，刘阮思乡求归，二女相送，至家却已历七世矣。刘阮复上桃源，寻仙无着，徘徊惆怅，不知所终。

④宋玉《高唐赋序》有：襄王梦游高唐，遇巫山神女，尝谓“妾在巫山之阳，高丘之阻。旦为朝云，暮为行雨，朝朝暮暮，阳台之下”。

⑤传说见刘向《列仙传》。相传古时候有个叫郑交甫的书生，在汉皋台下游春，突遇仙女许飞琼，彼此一见倾心。许飞琼摘下自己胸前佩戴的明珠给郑交甫，可是郑交甫不解风情，把仙女的信物塞在怀里就离开了。刚走不远，却发现怀里的明珠不翼而飞，再回头望仙女，早已凌波微步杳然不见踪影。

婀娜的身姿娉婷彷徨
馨香的名花来自遥远的国度
她怎么会走进杜牧的诗章
又如何能在李白举杯邀月之际
沁润兰陵美酒的清香
在琥珀杯里微微泛起波光

早晨的鹧鸪声惊扰飘渺的梦境
晓梦初醒心有一些儿的惆怅
即将过去的春天
来去匆匆就如同梦境一样
梦中的郁金香就像是仙子姑娘
仿佛传说中刘阮天台的故事
有一种丽质天然的哀伤
依依不舍哦魂牵梦系
好似当年巫山神女的楚襄王

时光飞逝啊花开花又谢
稍不留意她就不知去向何方
如同是很久以前的传说
书生在汉皋台下遇见一个仙子
风情不解他把仙子馈赠的明珠悄然收藏
待他羞涩离开时明珠却不翼而飞
含泪的目光忍不住再一次回望

仙子凌波微步早已没有踪影
哦，她是那般令人怜爱
此时会不会如花一般飘落他乡

春天如此匆匆，郁金香也悄然而去
多么盼望你和春天再次回来
到那时对酒歌一曲
看春风给你穿上美丽新妆

满庭芳　隐括《乡愁》

2012. 4. 25

杨晓虹居美国波士顿，尝作新体诗《乡愁》，余以《满庭芳》词隐括其意，旋又见诸位诗友，改作各体风格，纷至沓来，遂再作七律一首，见诸近体诗卷。

山远绮窗，夜沉雏鸟，海棠摇曳轻悠。
画檐无语，离恨簇心头。
梦里云飞雾漫，空思念、谁寄温柔。
凭栏望、隐隐渔火，远帆系孤舟。

幽幽，当此际、呼声断续，不忍回眸。
叹流落天涯，几许烦忧。
珠泪轻抛杏眼，玉颊冷、欲说还休。
伤情处、孑然凝噎，寂寞对乡愁。

附

杨晓虹　《乡愁》

是窗外远山沉睡的缄默
是檐下雏鸟寻梦的恬悠

是楼前海棠摇曳的感伤
是梦里雨雾弥漫的温柔

是骤明骤暗的数点渔火
是半隐半现的那座码头
是时断时续的几声呼唤
是若即若离的一缕烦忧

是悄然跌落的两行泪珠
是无语问天的几许回眸
是欲说还休的千言万语
是我此时此刻的乡愁

木兰花慢　西湖会友

2012. 6. 2

孤山西湖天下景有一副名联："山山水水处处明明秀秀　晴晴雨雨时时好好奇奇"。晓虹来时正是细雨迷蒙，方归却又霁色相映，虽然逗留未久，倒也体会了西湖的变化。凌波萍踪，浮光掠影，难尽西湖景致之一二，更留下许多美丽的遐想，正所谓印象西湖也。诸友嘉会，相约共赋《木兰花慢》。

雨湿湖畔树，翠黛浅，淡妆新。
向曲院风荷，清嘉无限，绿叶缤纷。
柳堤上、回望处，正画桥无语秀罗裙。
霁色三潭印月，和风十里烟熏。

谁知昨夜远行人，萍踪更销魂。
想梦里钱塘，醉中西子，何似今晨。
孤山外、凌波路，道浮光掠影两三分。
此去勾留一片，遐思天际轻云。

木兰花慢　看图填词

2012. 6. 23

对水清云浅，绿树染、远山青。
正帆影如蝶，飞飏蝉翼，波静无声。
长桥沧桑横卧，阅风华流逝几多情。
沐雨拱石仍在，斑驳草木丛生。

行人又见桥上行，孑然忆飘零。
恰交臂相失，轻抛游舸，回眸愁凝。
空有满怀狂放，奈茅檐低小近浮萍。
谁向斜阳归去，古桥画舫伶仃。

附

蔡茜　《木兰花慢·乡村调研》

野塘生细浪，烟霞映、镜波明。
甚观海闻涛，峻山陡峭，漫路徐行。
问讯梓桑门户，且一杯土酒寄深情。
最是寻常巷陌，农家话语聆听。

淡云疏影伴风清，莞尔笑相迎。
却回首归程，夕阳隐去，皓月盈盈。
宦海沉浮万里，看江山起落有阴晴。
但许此心安处，何须盛世功名。

八声甘州　咏蝉

2012.7.28

向轩窗绿意满欣欣，偶有早蝉飞。
正檐歌婉转，清吟晨唱，晓梦初回。
夏日栖枝高处，不理世人非。
一缕随风远，轻翼难追。

每日幸伊为伴，盛衰浑不问，寂寞相依。
念平生际遇，此物历来稀。
树荫深、谁知踪影，但约君、寄语且无违。
神交久、对空凝目，释卷称奇。

词三首　《少年游》兼《长相思》

2012. 8. 13

少年游

月华如水，风凉人静，裙素奈深更。
烛光摇曳，轻云淡雾，杯浅茗香清。

漏短夜长何时寐，谁与语心声。
不觉楼台晨曦近，相思远，梦魂萦。

长相思　二首

一

湖风清，湖水平。
湖上船儿独自横，晨曦一抹红。

来有情，去有情。
往事如烟谁送迎，无言垂泪中。

二

月色清，水色清。
月色无言水上横，扁舟月下行。

水有情，人有情。
流水依人如月明，思随云水平。

次韵三首　《临江仙》又《长相思》

2012.8.20

一　次韵湘君《临江仙》

西子晨风添秀色，波纹轻柳烟朦。
柔情几许画轴中。
西泠桥畔过，晓月忆惊鸿。

偏爱湖山终是客，往来依旧如风。
却把一抹向清空。
思随云水远，心淼际天穹。

二　次韵雷栗《长相思》

月儿融，影儿胧。
寂寞庭院别样空，无言独立松。

人如虹，思如风。
别后相思分外浓，何时得再逢？

三　《临江仙》答俊明

遥想六朝王谢事，金陵烟雨朦胧。
繁华富贵笑谈中。
堂前飞旧燕，天际唱孤鸿。

感叹人生终是梦，无关花月春风。
江山自在世情空。
流年经岁月，日暮识苍穹。

附

陈湘明　《临江仙》

静寺清嘉怡远客，登高一望空蒙。
湖山变幻有无中。
凭栏迎骤雨，拍手笑惊鸿。

古道悠悠寻胜境，罗浮簌簌迎风。
疑闻天籁却还空。
乱云飘散处，归鸟竞苍穹。

雷栗　《长相思》

月融融，影朦胧。
蝉静蛩鸣荷院空，花林倚苍松。

映霓虹，唱秋风。
秋水蒹葭意曲浓，褰裳何处逢？

刘俊明　《临江仙》

远望山川终有眷，近看紫气葱朦。
暮年西子瞰涟中。
钱源千日画，不再羡鹄鸿。

却是鹄鸿常卓越，梦如柳少春风。
问君失志可成空？
临安秋弱水，一路笑天穹。

秋风词二首

一　太常引　秋夜泛舟湖上

2012. 9. 3

秋风乍起动微凉，心境静如常。
向晚暮云翔，断桥外、波深意长。

轻舟一叶，漂流湖上，看鹤影茫苍。
斑竹忆清湘，保俶在、亭亭梦乡。

二　鹧鸪天　忆荷

2012. 10. 14

犹记当时青盖新，蜻蜓独立自凝神。
月清风细花弄影，日暮云低人断魂。

霑雨露，浥轻尘，秋涵伤楚几晨昏。
残荷叶落枯枝在，菡萏香销梦有痕。

声声慢　平仄韵二首

长桥和断桥一样，被称作是杭州的爱情桥。长桥在西湖东南角，为湖上胜景之一。南宋时青年女子陶师儿与书生王宣教在这里演绎了一个生死相许的浪漫爱情故事，杭城人无不唏嘘。比这个更有名的则是梁山伯与祝英台的“十八相送”。友人相约长桥对面万松岭下吃喜酒，颇有一些浪漫色彩。朋友是职业投资人，也是一个旅行家，年轻时善书画，如今在澳洲经营一个偌大的农场，年轻的妻子此刻已经身怀六甲，眼见得再过几个月便有小庄主诞生，因作长短句以为纪念。《声声慢》有平仄两种格式入韵，因为李清照的那首作品太有名，寻常都关注其仄声，恰数日之后西溪秋游，再作入声韵一首。

声声慢　平声韵

2012. 10. 19

长桥秋色，云淡风轻，湖光荡漾微澜。
碧水清波，台石冷浸蜿蜒。
飘然一叶坠落，更斜阳、寂寞寒烟。
又却见、岸草疏柳外，何处归帆？

不尽人生穿越，记得梁祝事，谁诉当年。
一曲长歌，融入蝶舞翩翩。
游人往来浪漫，可曾知、香韵依然。
正约定，万松岭、情系远山。

声声慢　入声韵

2012.11.5

西溪野色，午后秋阳，芦花散乱似雪。
柳岸微风枯草，绿枝苍郁。
足轻步履栈道，树影斜、水光清澈。
问此去，向疏林、应有几多风月？

俗务何时抛别，相对坐、消磨剩余时节。
淡酒粗茶，竹外苇风落叶。
云烟万般世事，且与君、尽付戏说。
正岁晚，莫道人情更促切。

西河　华夏怀古

2012. 11. 22

尧舜地，千年古国曾记。
秦时明月汉时关，几番说起。
斜晖脉脉水悠悠，唐风宋韵交际。

诗与史，堪为倚。江山万里牵系。
寻常向浊酒临风，情抛故垒。
一怀愁绪更谁知，飘然往事如水。

看喧闹竞逐燕市，毁黄钟悄然无迹。
漫道功名浮世，问何时、礼乐闻声相对。
落日孤星残烟里。

踏莎行　岁晚次韵杂感

2012. 12. 27

雪郁风寒，雨湿薄雾。又逢岁晚流年去。
残光黯淡冻云凝，凭栏不见天涯路。

志在高山，心随远树。常思野鹤来相住。
放言澹泊正适时，偶然却有烦心处。

附

蔡庆华　《踏莎行·雪》

岸柳堆烟，残杨垂雾。寒鸦弄影双双去。
小河无力向南流，斜阳却照来时路。

山起幽云，水含银树。断桥有意留人住。
且循犬吠觅柴门，踏莎行雪林深处。

贺新郎二首

一　浴鹄湾雪后

2013.1.1

诸友相约元旦作《贺新郎》，再者元旦本欲喜庆一些，恰前日雪后天晴，去三台山之浴鹄湾，拍得几张照片，便依照片草成一阕。

雪净三台路。
映廊桥、山光云影，水浅寒渚。
自是天然成佳丽，秀色知从何处。
野径远、凌波微步。
浴鹄湾中看浴鹄，却怜她瘦骨依轻羽。
形影薄、也相许。

风回骤冷蓬门树。
竹枝斜、冰莹剔透，湿融茅屋。
红豆如双细看取，相对无言私语。
惜鬓发、含霜悄度。
常念此身将欲老，正苍茫更向谁人去。
且执手，我与汝。

二　次韵友人

2013. 1. 6

往事向谁说?
尽随他、天涯万里，雁心明灭。
犹记春风苏堤路，缥缈流云相悦。
但忆取、飞来灵阙。
烟雨西泠人归后，剩孤山倩影留清绝。
碧水冷，映寒月。

人生落寞伤离别。
更长河、玉轮冰鉴，也曾圆缺。
见说当时湖畔柳，此际空垂白雪。
留恋否、杜鹃泣血。
多少回眸凭栏处，纵梅花枝瘦心千结。
香韵在，又谁折?

八声甘州　雾霾初去

2013. 1. 17

又寒云岁暮近年关，正当旅人归。
恰江南风歇，雾霾过后，初露阳晖。
窗外松青竹影，尘芥是耶非。
细看流空里，偶见烟灰。

漫道时光向老，此时凭栏处，箫鼓频催。
想一生寂寞，寥落更何悲。
细思来、人情天意，似而今，体谅入深微。
心思静、自然无为，一任风吹。

附

蔡茜　《八声甘州》

恰纷纷坠叶卷残香，又见路人归。
念当时明月，桥边溪草，尽染芳晖。
犹记春江水暖，燕子正双飞。
一饮樽前酒，激越相随。

春去秋来暗换，冬雪成夏雨，世事悲催。

笑辞歌别宴，何必苦做灰。
有知音、高山流水，奏清商、相对话千杯。
弦中意、与君相和，丝管歌吹。

雪梅香　龙蛇之交二首

2013. 2. 9

年三十午后小和山探望高堂，其时飞雪似杨花，清溪如素，疏林渐染远山。归来时华灯初上，路滑人稀。思及诸君春节《雪梅香》之约，到家恰有第一财经频道，播出余与吴飞教授对坐春联点评，兴之所至，继而成章。除夕夜拙作首发即有友人唱和，次日初一又是珠玉纷纷。兴味未减，遂次韵西木居士雷栗一首。念我诸友，天各一方，但有诗词，聊寄心香。玩味之间，唯京华好友韩水法教授一词，用意指事，寄情真挚，殊为感动，兹一并附之于后。

一　除夕飘雪有感

舞轻雪，杨花弥漫染寒空。
对清溪萦素，疏林渐远云峰。
隐约山形自无语，但知他见尾神龙。
正相似、渡海归来，气势如虹。

朦胧。向灯影，鬓发微霜，过客匆匆。
可奈浮名，几番总误行踪。
红酒金樽醉如夜，莫贪图浊世尘功。
灵蛇至、且趁高情，快意东风。

二　次韵西木居士

客乡里，流云缥缈意随空。
念天涯归路，梦魂更与谁同。
一缕芳华也惊艳，暗香浮动月明功。
凝眸处、点点精灵，非幻非虹。

清风。任凭说，冷韵兰章，醉里相逢。
欲诉冰心，丹青一抹萍踪。
水阔云低大洋远，感深情浅色成空。
花含露，有待佳期，何必匆匆。

附

韩水法　《雪梅香》

杭州大雪，故国神游，兼得军英新词，情激不能自已。次韵军英《雪梅香》。壬辰年除夕。

问梅时，倚楼不见色如空。
对江南新雪，徘徊望断层峰。
曾梦长桥立孤影，亦歌东海舞飞龙。
故乡远、醒后相思，泪际霓虹。

朦胧。向平渚，竹曳清烟，岁月匆匆。
多少闲愁，几回留下鸿踪？
杖策披发啸岭夜，叩门谈笑论素功。
凝目处，古卷凌寒，听罢西风。

雷栗　《雪梅香·新春感赋》

耀光起，流星一霎划晴空。
感流年飞逝，时光荏苒应同。
疏影怜梅远华倩，浮云过眼绝尘功。
笑多舛、对酒当歌，鲸饮长虹。

临风。问天道，可悟修行，欲戒相逢？
醉忆尘缘，佛心禅语无踪。
浅唱低吟坐林涧，笑看泡影转成空。
红尘事，扰扰纷纷，来去匆匆。

永遇乐　与李清照共元宵

2013. 2. 24

正月十五，恰“元宵佳节，融和天气”，想到李清照写过的一首元宵词。那时她正生活在杭州，在经过人生沉浮之后，晚年遇到这么一个热闹的日子，也禁不住要感叹：“我这是身在哪里啊?”那个初春的盛日，她抛却了外面的繁华和喧嚣，一个人躲在家里，一如我一个人宅在书房里一般。不过她“不如向、帘儿底下，听人笑语”，是因为内心苍凉，“如今憔悴，风鬟雾鬓，怕见夜间出去”，而我却是俗务叨扰，加之沧海云烟之后，多了些自得其乐的散淡。昨日春风灿烂的午后，曾去西溪湿地流连一番，穿过游人如织的福堤，寻找人迹稀少的小径，算是安抚一下俗世浮躁的灵魂。归来正“落日熔金，暮云合璧”时分，于是用李清照原韵填一首《永遇乐》，也算是作为对这个日子的纪念。

高树寒烟，疏梅绰约，春草生处。
记取当年，长天暮色，着意便相许。
茗香沉醉，清歌梦里，一任苇花飞雨。
但凭她、吟风弄月，却成浊世仙侣。

逍遥自度，流云挥洒，不觉又逢十五。

惯向夕阳，乘兴随意，浑忘曾伤楚。
小桥横越，竹篱斜径，闲路虚空独去。
回眸处、清溪照影，淡然寂语。

附

李清照　《永遇乐·元宵》

落日熔金，暮云合璧，人在何处？
染柳烟浓，吹梅笛怨，春意知几许？
元宵佳节，融和天气，次第岂无风雨？
来相召，香车宝马，谢他酒朋诗侣。

中州盛日，闺门多暇，记得偏重三五。
铺翠冠儿，捻金雪柳，簇带争济楚。
如今憔悴，风鬟雾鬓，怕见夜间出去。
不如向、帘儿底下，听人笑语。

朝中措　春风小词

2013. 3. 12

连云高树入晴空，日色正当中。
料峭清寒过后，无言又是春风。

红尘倦意，归心常在，寂寞孤松。
且幸转身留恋，回眸花草相逢。

金缕曲　次韵关燕清

2013. 4. 2

又践东风诺。
道年年、清明雨后，絮飞花落。
且幸桃红还依旧，犹记蓬门帘幄。
倩巧笑、芳菲自若。
娇怯当时眉欲敛，掩风华、未与君知着。
人去后、怅台阁。

天涯路远诗笺著。
但凝眸、楼空人独，异乡飘萼。
谁向桃花言旧事，脉脉含情未却。
多少恨、翼蝉蚕缚。
从此泫然成追忆，对春风、归梦魂相托。
挽鬓发，意如昨。

附

关燕清　《金缕曲·缘》

笺叶影前诺。
梦当初、盈盈一水，阑干香落。

粉茧深蒙痴难久，断瓦残琴为幄。
总误我、卿卿雪若。
偶看殷勤红叶句，任写来、淡墨无深着。
持素障，夜中阁。

灯书掩过谩匀著。
相对处、芙蓉玉绽，帘栊新萼。
但得君知时慰藉，且任遥天雾却。
那堪提，相思已缚。
缭乱羞花不胜苦，枉教人、闲话网中托。
一窗月，宛如昨。

临江仙　湖海吟余生

2013. 6. 12

病违多日，风雅久不作。恰柏舟兄相赠《临江仙》，正端午之日，江南绿满，湖山未老，海波初平。念养疴之日伊人丹青如屏，竟也无暇吟唱，借此节日一并酬谢。

常道青春人未老，诗书但觅空灵。
长歌如画画如屏。
娉婷楼上坐，纤笔手中擎。

满目江南山色绿，红颜谁寄真情。
曾经沧海水波平。
又当风雨后，何妨且吟行。

附

柏舟　《临江仙》

六月钱塘春已尽，湖山何处钟灵？
暖风吹透翠云屏。
柳荫堤上涌，荷盖雨中擎。

一首新诗传好讯，才思依旧浓情。
人生应似晚波平。
林间闻鸟语，江畔看舟行。

渡江云　荷花词

2013. 7. 1

昨日向晚，忽然兴起曲院观荷。方见荷花，夏雨骤至，兴致不减，更添风味。少时雨歇，天清气爽，荷叶雨后如染，一抹清香，沁人心脾。当此之际，宜照宜诗宜画。果然伊人摄影间，却见一日本男子，正静坐画荷，旁边两个娉婷女弟子，为他递纸拂画。画者只是画，旁人只是看，娴雅无声，煞是情趣。今日忙完俗务，幸得有闲，权且敷衍一阕。

轻阴微雨后，风荷曲苑，菡萏叶田田。
绿波争入目，青盖亭亭，仪仗簇旌幡。
天然流韵，娇娆处、自有婵娟。
却任她、晴晴雨雨，无语独凭栏。

阑干。一枝清艳，出水芙蓉，洁质犹绚烂。
多少泪、萦怀心事，欲向谁言。
芳华寥落何曾晓，莫要看、人影翩翩。
明月夜，岂知寂寞红颜。

南歌子　次韵柏舟

2013. 7. 8

万里思归客，芙蓉梦里花。
青山不语忆芳华。
却把几番心事寄云霞。

绿树当时路，清荷旧日家。
水风拂岸净尘沙。
又是花明柳暗在天涯。

附

柏舟　《南歌子》

昨忆湖西畔，新开碧藕花。
亭亭翠盖自清华。
正是晚风吹过、醉明霞。

远做山中客，还归梦里家。
夜来明月照堤沙。
月下扁舟一叶、向天涯。

六州歌头　塞北长歌

2013. 8. 6

暑期宅家看书、著书，虽足不出户却神游四方。专业书写到无聊处，便写几句诗词。伊人呼伦贝尔归来，促我看摄影之时，看得高兴处，便很认真地填了一首长歌《六州歌头》。此调原本鼓吹曲也，音声悲壮，古人常以此写历来兴亡之事。其声调迫促苍莽，闻之使人慷慨，素来不与艳词同科。此词凡 143 字，定格前后篇各八平韵。前年写《兰陵王》，130 字似乎是之前所写最长调，此番《六州歌头》则更前一步，以其长而显其更精神也。写完意兴未尽，又将这首长调绎为现代语体。

云飞万里，看四野如穹。
平沙尽，征尘净，水澄清，绿波凝。
壮丽涵边塞，地苍莽，天寥廓，
景瑰伟，风雄壮，气恢弘。
日落远山，隐约毡庐外，点点分明。
有牛羊遍地，更牧马纵横。
宿鸟还惊，断弦声。

汉皇思虑，绝荒漠，驱可汗，盛威名。
胡未灭，人先老，业垂成，鬓将零。

谁道开疆远，又鼓角，入西京。
昭君泪，妆惨淡，苦伶仃。
便作胡笳无数，文姬在、难诉衷情。
剩有千秋恨，都与世人听，儿女豪英。

附

《六州歌头》　今绎

辽阔的塞北草原，清空万里，白云飘飞
看天似穹庐，笼盖四野
在大漠的尽头，黄沙荡净
战争的烟尘无影无踪
河水澄清啊，碧波绿凝
浩瀚无垠的边塞，涵蕴无限的壮丽
苍莽的大地，寥廓的高天
瑰丽的景象，雄壮的风情
这气势是如此般的恢弘
草原日落隐隐在远山之上
依稀可见的蒙古包
在夕阳的余晖中如点点星星
遍地牛羊归来，一群群野马驰骋
觅巢的鸟儿发出惊叫
许多的遐想伴随着弯弓的断弦声

遥想那大汉皇帝啊，思虑帝国的安危
派遣卫霍横绝漠北
驱逐匈奴可汗啊，建立不世威名
然而匈奴终究未灭，人却已然老去
功业垂成啊，鬓发已经凋零
谁说匈奴已经远出大漠，君不见烽烟又起
鼓角之声传入长安西京
无可奈何的汉朝又选择了和亲
昭君远嫁出塞的泪水啊，黯淡了面妆
她是那样孤苦伶仃
在那遥远的地方啊，即便有蔡文姬那样的才思
弹唱出无数的《胡笳十八拍》
也不能倾诉内心的思念之情
无限感伤啊，到如今遗恨千秋
抛家去国的故事都说与后人听
迢迢的历史，到头来无非是在演绎儿女英雄

暗香二首

一　吟花白石韵

2013. 8. 16

七夕白堤漫步，夜色中荷花渐老，连天暑热，一湖垂柳也失却袅袅云烟。唯一弯淡月，浅浅漂浮在柳梢之上。归时，心思白石“旧时月色，算几番照我”意境。往日但说风花雪月，只如登徒好色，引得一番宋玉吟唱，今见夜月晚荷，用白石韵成此词。

登徒好色，问楚王宫里，可闻新笛。
宋玉来时，粉面盈盈最堪摘。
但向花前月下，恰七夕、倚声驰笔。
还恐她、沐雨含霜，幽韵冷秋席。

南国，渐岑寂。
落叶又飘零，无言堆积。
梦残欲泣，枝老香消犹追忆。
纵是金风玉露，有鹊桥、银河凝碧。
怎能抵、常执手，举头可得。

二　赠小和尚

2013. 8. 30

此女本名晓晖，分明女儿身，却自号小和尚。尝著文“夜，深了……”寥寥3字竟引得40多个评论，其省略颇令人生出一番尼姑思凡的联想。恰有索句，正好借韵揣摩其省略意，赠以《暗香》。

水风凝碧，渐夜凉灯冷，朦胧花色。
独坐小窗，怅惘都无处藏匿。
何事更深不寐，恍惚有、轻吟如泣。
却正是、望断天涯，寂寞黯魂魄。

雁客，也留迹。
道与那人知，石破心谧。
几番记忆，星倦月明但相觅。
何况孤僧清影，荷滴露、周遭岑寂。
倩谁人、吹送我，一声长笛。

满江红 枭雄薄叹

2013. 8. 29

去年春，重庆事发，结果未知。其时逆旅京华，尝晨步紫禁城外，作《沁园春·宫墙柳》寓宫廷之事。延及今日，薄案公审，虽是贪腐之辨，但薄枭雄本色却一览无余。在其沉浮生涯中，出身及风韵之妻都备受注目。5 天审判宛然一场大戏，只是没有料到戏到结尾，高潮处却又归于儿女恩怨，令人不胜感慨。历史大事不可不为记载，遂以此调为叹。

倜傥风流，曾几度、纵横卓荦。
还倚仗、世家王谢，出相入阁。
道是西南歌舞赤，曾经东北声名著。
看佳人、莞尔伴君侯，宫中乐。

鸿鹄志，如燕雀。多少事，阴阳错。
论由来胜败，尽作污浊。
自古红颜成祸水，历来冠冕分邪恶。
空叹息、妩媚却回眸，销魂魄。

中秋词（外一首）

2013. 9. 19

中秋节前夜漫步河边，虽非十五月圆，却也一片清影。因想昔人词云：素月分辉，明河共影，表里俱澄澈。俯仰人生，悠然心会，妙处难与君说。归来作《疏帘淡月》，此即《桂枝香》别名是也，词牌甚合词意。寻又见湘君中秋词《风入松》，意犹未尽，再作次韵一首。

一　疏帘淡月

骋怀远目，又素月冰心，气爽神肃。
正是中秋夜色，桂香轻簇。
西风无语涵孤影，对东篱、几株疏菊。
寂然相伴，萧萧瘦骨，临轩修竹。

自古道、人非草木，对万里清辉，能不心触。
感叹余生，过了几番颠覆。
觉来鬓发人将老，静思初怀独凝矗。
向婵娟问，可知滋味，广寒宫曲。

二　风入松

（次韵湘君中秋词）

玉壶冰魄冷秋江，向晚浴清凉。
山形依旧湖边路，柳丝细、拂水轻扬。
幸有平生留恋，西溪外两三方。

荷花归去梦魂长，又是桂花香。
愿纫蕙芷长为佩，菊含露、沅水潇湘。
竹径疏林行遍，性情处处随乡。

附

陈湘明　《风入松·中秋》

兰舟一叶远清江，千里沐新凉。
沧流邈处青霞里，笛声起，思入悠扬。
借问云中飞韵，随风飘去何方？

长空不见彩虹长，桂雨著醇香。
春秋总载匆匆去，中秋梦，犹系潇湘。
但共清风明月，他乡亦是吾乡。

雨霖铃　晚桂飘零

2013. 11. 2

今年的桂花如此艰难，不能不令人为之一叹。通常杭州的桂花是在中秋前后开花，早桂、中桂、晚桂次第开放持续大半个秋季。然今年天气大热，暑天一直不肯退去，中秋时分也没见得清凉下来。本来早桂最为清香，但因为秋老虎的缘故却是迟迟不开，偶有几枝也是稀稀落落。到十月天渐渐凉了下来，被压抑的桂花终于可以舒展香气，这会儿开放的中桂虽然不及早桂，但在残暑消退之后，还是带来满城的香气。不料好景不长，没几天却又遭遇到50年不遇的强台风。雨横风狂，把一枝枝刚绽放的桂花摧残殆尽，那情景好不令人伤怀。所以今年真正感受到的桂花，是十月下旬的晚桂。

在经过炎热和风雨之后，晚桂依然芳姿绽放，那情景宛然一个伤怀楚楚而又忠贞不渝的美人。相伴亲友几番流连，既是赏秋也是赏桂。眼见得秋意越来越深，桂花也无可奈何地渐次飘落。站在桂花树下，看着柔黄的落花凋零一片，付水成泥，那种清幽的香气越来越淡，淡到不再闻到。突然生发出许多联想，想到屈原的《离骚》和《九歌》写了那么多的桂，想到李清照的一句词“风住尘香花已尽”，虽则她写的是暮春，而秋桂不也这样吗？神情黯然，油然生惜花之情。因作《雨霖铃》词，用柳永原韵以寄意，聊表惜花之离情。

秋深情切，桂花凋落，不肯停歇。
无端萧瑟暮雨，飘零满地，轻香微发。
路静晨初清晓，有低语声噎。
却道她、柔质如依，付水随尘竟契阔。

年年寂寞人伤别，况而今、岁晚霜寒节。
卿卿记取来日，残暑在、灼云弯月。
雨横风狂，虽有芳馨，也无从设。
念此事、婉转心怀，委曲何曾说。

扬州慢　扬州女子

2013. 11. 7

扬州女子邂逅诗词群，芳名“一梦深深”，又谓之“秋雁”“过路蜻蜓”“晓月微微”。常年客居珠海，每每思念家乡，以及芍药如火，二十四桥明月，但唱烟花三月下扬州。冀余作《扬州慢》以记其情怀。

风起维扬，月皎清影，几番记取归程。
念深深一梦，但梦里波清。
去时路、蒹葭飞白，凋零草木，萧瑟寒星。
回眸，离群秋雁，鸿断声声。

无言伫立，总凝思、过路蜻蜓。
想三月烟花，春衫沾露，芍药连城。
恰晓月微微处，纤纤瘦、袅袅娉娉。
剩相思一抹，淡不了别时情。

附

《扬州慢》 今绎

扬州秋风渐紧的时候
夜色里月光的清影一派皎洁
多少次在梦里回到家乡
那深深的梦呵
梦中的瘦西湖碧波澄清
离开的时候也是秋季
蒹葭苍苍一片飞白
秋尽江南草木开始凋零
夜空中寂寞萧瑟的寒星分外清冷
忍不住地回首怅望呵
一如离群的秋雁一声声地哀鸣

谁知道我多少回默默地伫立啊
曾无数次凝眸那飞过的蜻蜓
回忆那烟花三月的季节
春衫沾湿了露珠
欢声笑语看遍满城芍药
还记得不眠的一弯晓月吧
那纤巧的身影婀娜娉婷
如今这么多的相思呀
怎么也冲不淡我的思乡之情

淡黄柳　漫忆青葱

2013. 11. 8

学院健步，沿苏堤穿白堤，过断桥至北山路，一小时余行6公里多。有7年未走苏堤，竟勾起许多青葱回忆。记得大学一年级那年本组同学野餐情景，长歌夜归，曼舞堤上；后来就到了恋爱季节，再数年，大约2006年曾带几个研究生单车苏堤。此后似乎就没有去过苏堤。时光荏苒，一晃多年，六桥烟柳，别来还依旧。有所感慨，归来作《淡黄柳》一首。

轻风有意，笼六桥烟柳。
一派秋光成锦绣。
记取当时年少，衣袂飘飞酌春酒。

小腰瘦，轻歌捋红袖。
语音细、笑声久。
道苏堤别后还依旧。
物是人非，跨虹桥下，偏忆华年豆蔻。

法曲献仙音　正是清净时

2013. 11. 2

与柏、湘二兄相约禅游的 10 月 17 日，正是日色明媚好天气。沿天竺山，经佛学院，过法云安缦，到得永福寺。一路自然天光，清幽无限。在这个信仰淡漠的时代，敬佛礼佛似乎成了一种自觉的意愿。永福寺的藏经阁曾几番去过，每每到此都写下几个字。佛门幽静一日禅游，但觉内心清新许多，三人但约以《法曲献仙音》为调，且共记游踪。

禅境清风，绿云衔树，别样秋光明媚。
叶净尘沙，素檐飞照，青烟缥缈迤逦。
曲径小桥修竹，轻荫愈苍翠。

寄祥瑞。踏石阶、涌泉甘霈。
都洗涤、俗世浊泥污水。
但默颂千回，愿佛陀、善广缘被。
纵笔挥毫，且留他、一点意气。
念登高心性，总是湖山沉醉。

高阳台　红颜

2013. 11. 17

流连诗词群命题“红颜”，无论是薄命之叹，抑或是知己之感，这个词都代表了一个曾经美丽的传说。不知怎么竟想到了并无红袖风情的杜甫，又想到了沈园寻梦的陆游，草成七律一首《登高》，越明日，又以《高阳台》敷衍为长短句。

照影惊鸿，翩然一瞥，风华犹忆沈园。
岁晚登楼，那堪又是流年。
当时秋瑟霜风冷，更无言、独立阑干。
正伤魂、素月分辉，玉臂清寒。

天涯长恨人行远，不胜相思意，辗转难眠。
雨淡云轻，巫山晓梦惊残。
几番翘首凝眸处，怅层峰、目断青山。
任从她、寂寞樱桃，憔悴红颜。

词二首　戏作隐括

一　风入松

2013. 12. 3

夜风吹柳冷闺厢，月色弄衣裳。
迷离渐远天涯路，人去后、寂寞池塘。
一棹江南烟雨，望穿秋水天长。

当时兰苑小轩窗，对坐沐清凉。
清辞诉尽烟花泪，曲中怨、独有情殇。
惆怅相思无绪，此生何处商量。

二　卜算子

2013. 12. 6

夜月冷窗台，谁把琴音弄。
倩影如风人何在，忆远还心痛。

借问天边云，清泪如何送。
寂寞寒山惆怅空，尽付相思梦。

凤凰台上忆吹箫　遐思

2013. 12. 15

“少无适俗韵，性本爱丘山。误落尘网中，一去三十年。”在中国古代诗人中，最崇尚陶渊明的人格精神，可惜总也达不到那个境界，达不到则更是向往。早年论阮籍诗歌讲：彼岸之所以是彼岸，就在于它只可向往而不可抵达。唯其如此，这才成就了一种崇高，钟嵘《诗品》所谓“忘其鄙近，自致远大”，其所谓之乎?

世事云烟，相逢如梦，只今都是因缘。
见说道、惊风雨后，月下花前。
却把丹青一抹，尽付与、万里湖山。
风流处，兰章雅韵，逸兴溪园。

红尘怎堪羁绊，几回首、流年无奈悲欢。
夜色冷、寒灯寂寞，鬓发微斑。
感叹萍踪邂逅，幸约定、从此休闲。
随心愿、携手翠袖欢颜。

望海潮　新阳初始

2014. 1. 1

元旦好天气，顿觉心情大爽。偶见得小区冬桂花开，扶疏淡淡，甚是惊诧。回望日色如薰，颇有冬去春回之意。念及去年国庆舟山海边，意欲作《望海潮》，不料一晃三个月，已然是秋去冬来，而今又将及春天。风华有代谢，诗词自可留，乃以此词聊及人情世事。

新阳初始，烟消霾尽，溪山别样清嘉。
霜净雪融，风回日暖，俨然几分春华。
冬桂竟飞花。叶深淡雏影，隐隐丹霞。
正待凝眸，有兰章约韵堪夸。

寻思渺渺平沙。记当时望海，浪涌声哗。
云泊近礁，鸥翔远岸，豪情放旷天涯。
不觉日西斜。飘散寒秋尽，吟赏蒹葭。
又是轮回万象，静坐且分茶。

满庭芳　僧舍腊梅花

2014. 1. 31

罕逢暖冬，心里担忧似这般温度，一向喜欢凌寒开放的梅花不知是否会如期而来？昨天除夕日，也是腊月的最后一天，第一件事情便是前往灵峰去探梅。见过梅花仿佛心安不少，晚上且稍事薄酒，其时好友微信问："新春岂能无诗？"答曰："朋友相约《满庭芳》，近日无诗情难出新意，奈何？"顺约朋友一起填词，问答之间竟有一段词话。友人道："原本想写《金缕曲》，也是杂事打扰，现在诗思全无。"言及前几天想到句"天地人分裂"，便想顺着写下去。我言此句"领起突兀雄阔，有无限悲慨之意。"对曰："如此下面就难写了，大概会借用宋人'残山剩水'的句子。"偏巧这却是我十分喜欢的一句辛词："剩水残山无态度，被疏梅料理成风月。两三雁，也萧瑟。"于中可见一片苦心。果然他回道："总觉得宋词好，现在想来，他们心中有无限的苦。"此话也勾起我无限联想，古代词人大凡真正写得好的，词中都有无限苦楚。只如晏家父子，若论词工则老子晏殊定不输与儿子晏几道。但大晏之作往往雍容华贵，词工而意逊，读过之后仿佛富贵浮云一般不留些儿痕迹。儿子小晏则落拓人生，虽偎红倚翠却也出自性灵深处，每每读来总会令人黯然深省。晏家父子尚且如此，更遑论寂寞人生高旷情怀的苏、辛以及易安、白石等人了。因人及己便说道："情动于衷而有所感发，平淡写来难以入深处。”友人见道：“苦有多种，难在写得透彻。”想来这也是我一段时间以来，诗词创作的郁闷所在了，不唯是题材，更在于体悟之深。

意倦相如，风华渐老，奈何爆竹尘声。[1]
流年怯向，谁与说浮生。
记得昨宵浅酒，且休问、浊世虚盈。
算留取、露台花月，齐瑟共秦筝。

多情。犹顾虑、寒梅日暖，何处相迎？
正枝瘦神凝，冷韵香清。
一缕还归僧舍，芳魂在、寂寞孤城。
沉吟久、闲云野树，鬓发更无惊。

【注释】

①“意倦相如”句：颇喜南宋刘过《贺新郎》词，其上阕云：“老去相如倦。向文君、说似而今，怎生消遣？衣袂京尘曾染处，空有香红尚软。料彼此、魂消肠断。一枕新凉眠客舍，听梧桐疏雨秋风颤。灯晕冷，记初见。”又明代四大才子之一的文徵明《建兰》诗有谓：“老去相如才思减，临窗欲赋不能工。”因以联想到姜白石《暗香》词中的名句：“何逊而今渐老，都忘却、春风词笔。”感念人生，甚有此时意味。

附

韩水法 《满庭芳》

军英说诗友相约《满庭芳》，谈庙宇梅花，又读其“意倦相如，风华渐老”句，便神思少时徜徉于西湖之西山水庙宇旧院废墟及故事，亦作《满庭芳》记之，以投声气。2014年2月1日甲午正月初二。

风送梵音，山连芳草，几上红袖添香。
夜半浅醒，一缕犹轻翔。
豆蔻花时旧约，却此际，微信来访。[①]
掩卷后，盈盈春水，携手共徜徉。

何伤？思夫子，咏乎浴舞，不妨清狂。[②]
看依旧风情，八月钱江。
今日适越而已，昨至也，酒过别肠。[③]
流连处，凭卿歌舞，一曲满庭芳。

【注释】

①“豆蔻花时”句：豆蔻原本花名，此处指青春年少。杜牧《赠别》诗中有“娉娉袅袅十三余，豆蔻梢头二月初”。此处用意多重，既是追忆青春少年时期，书生意气激扬文字的情谊，又是点明节后春回相约填词的时间。在某种意义上，包含有一种人生过往的历史穿越。

②“思夫子，咏乎浴舞”句：此处双重借指。典出《论语·先进第十一》，孔子与几个弟子坐谈人生理想，或谈领军、或谈富国、或谈守礼

之道，唯独曾皙对曰：“暮春者，春服既成，冠者五六人，童子六七人，浴乎沂，风乎舞雩，咏而归。”孔子听了，长叹一声曰：“吾与点尔！”这就是历来被津津乐道的“曾点气象”。在某种意义上，它不仅代表了淡然回归的人生理想，而且还寓示了某种自然和谐的社会理想，堪称是终极价值的体现。又“清风依旧”乃余微信网名，网上诸君但称“卫夫子”。

③“今日适越”句：典出庄子。《齐物论》中讲“未成乎心而有是非，是今日适越而昔至也”。又《天下》篇谓“南方有穷而无穷，今日适越而昔来”。这是当时著名的名辩哲学命题之一，它体现了庄子的齐物思想。所以古人做如此理解：“彼日犹此日，则见此犹见彼也。彼犹此见，则吴与越人交相见矣”（司马彪）；今人冯友兰先生对此句的理解是：“适越之今日可以变为昔日。”如果抛开了哲学的玄言意味，回归到诗歌本身来观照，我们发现庄子所表达的原来是一种极其美好的自然体悟。寥寥八个字蕴涵了自然中的时间、空间的转换，浑然物化，令人不觉陶醉其间。从哲学的角度也许可以做出许多辨名析理的解释，但从诗学的角度，感受到的却是一种神游人生、神游天地的人性自由。词中用“适越”为典，更是恰好点明了心游相交的地方，正是我们生长的江南吴越故地，陌上花开卿可缓缓来，她是那般的令人留恋。

词二首 中州吊古并纪

2014. 2. 9

凭吊古战场是我大学时期的一个梦想。早年从陇海线乘火车西行穿越河南境，我曾想象步行荥阳到潼关之间。那是一片有着太多历史故事的大地，崇尚英雄是年轻的梦想，徒步穿越这片古老的大地，似乎是与历史的一次约会。其时联想到唐人李华的《吊古战场文》："浩浩乎，平沙无垠，夐不见人。河水萦带，群山纠纷。黯兮惨悴，风悲日曛。蓬断草枯，凛若霜晨。鸟飞不下，兽铤亡群。"……中州一带太多古代文化积淀了。记得 1985 年读研期间跟导师一起选注元好问诗文，元好问久居河南登封，活动在嵩山少室也就是如今的少林寺一带，他的集子就叫《中州集》。读其诗文不少地方似懂非懂，后来到这一带走了一圈，顿觉豁然开朗，原来元好问写的很多风物地理，都能在这片古老的大地上找到痕迹。自那以后 29 年过去就再也没有到过河南。当飞机还在中原上空的时候，俯瞰大地浑朴苍茫，全不似江南的冬天，还残留了不少绿色。刚步出郑州机场，但见尘霾遮蔽，树木萧索，不禁令人生出一些怅然。不想次日令人惊喜的是，虽然中州一片雾霾，但是洛阳的伊河却是一片清澄。伊阙洛水曾经孕育了多少华夏民族的故事，由此想到古往今来的王朝更替，傍晚在嵩山的残阳中，终于体会到了古战场的苍莽，想到了两军厮杀残阳如血的情景。越明日，又至古城汴梁，汴水清清，思及上河图景，世事兴衰感慨殊多，旅行中手机上不宜长调，乃潦草构思小令一首。

在江南的山明水秀中生活久了，记忆中总是淡漠那苍茫古朴的故国，所以相对于春花秋月的游赏，我更喜欢这种冬意萧条的冷落，似乎有一种更加接近历史本身的原始感。我知道早年徒步古战场的梦想，看来此生是无法实现了，但这并不妨碍我站在悠悠历史人生的高处，回眸无限岁月的沉淀。所以几日之后，我选择用《石州慢》这个词牌来抒写中州怀古之情。

一　伊州令

寒云黯淡风萧索，苍莽连河洛。
乱石巉岩荒草枯，碧水尽、千年远陌。

金戈铁马销铄，豪气残嵩岳。
斜阳一抹下中州，汴京外、旌旗落寞。

二　石州慢

蔽日黄云，萧瑟老藤，朔气声咽。
中州千古风云，碧水清流伊阙。
苍茫暮色，嵩岳寂寞无言，更凄然一弯残月。
犹记帝京时，汴梁灯明灭。

休说。虎牢关外，陟彼北邙，竹林酒洌。
铁骑簪缨，落日沙场凝血。
一朝销尽，几代梦里繁华，但闻河洛声如噎。
故国且凝眸，正关山飞雪。

浪淘沙　轻雪

2014. 2. 13

夜静沐清凉，轻雪如霜。
窗外飘絮动霓裳。
回溯寒江弥漫处，知是谁藏？

寂寞怨更长，谁解离觞。
巫山梦里也仓惶。
却借琼花酬此意，缱绻泱泱。

月下笛　元宵情人节

2014. 2. 14

元宵巧遇情人节，今年正月十五很有点中西合璧的意思。友人言及《月下笛》，此词牌甚是生疏。始为周邦彦《片玉词》中有此调，因词中有“凉蟾莹彻”及“静倚官桥吹笛”句，遂以此为名。后来南宋遗民张炎入元，流落感伤，复以此调寄黍离之悲。虽历来作品不多，然所用格式繁乱。想来当时周美成为大晟乐府，创调倚曲，宋亡之后乐曲失传，张玉田辈唯以平仄记之，其间两百余年难免各有出入。今且依张炎格式，弃其伤怀之致而志双节之喜。

吉日初晴，千山雪净，柳苏微翠。
春风乍起，梅绽兰馨海棠蕊。
舟桥一点波凝碧，又道是、鱼传雁寄。
情人佳节，元宵绚烂，灯张花缀。

新始。无休止。
且寻问孤山，暗香盈袖，烟尘尽洗。
瘦枝新折频递。
汀兰岸芷还相顾，更眷恋、鲈鱼滋味。
任雨雪、纵经年，长在今夕约会。

词二首　咏梅花

2014. 2. 26

一　水龙吟

素颜梦破清晨，惊风细雨春寒早。
冰肌凝雪，柔脂如玉，月明霜皓。
淡酒微醺，浅嗔含露，更添妖娆。
念浮华几许，无言独立，馨香暗、琴音杳。

莫道芳魂皎俏。问昭君、天涯路渺。
胡沙万里，满怀幽怨，容颜渐老。
浊雾摧残，世尘憔悴，鬓形枯槁。
叹人生、自是花开一季，向谁娇笑。

二　醉花阴

寒侵雪洗身影薄，枝瘦花寂寞。
临水此情怜，空有幽香、一任风漂泊。

雾迷路邈人萧索，料峭知谁灼。
野径暗疏林，却伴东君、且共她零落。

蓦山溪二首

4 月 12 日柏舟夫妇盛邀与湘君伉俪西湖小聚。暮春新绿葱翠，烟雨迷蒙，更添西子姿色。谈笑诗词，红酒浅樽，别是一番风味。其时晴晴雨雨，风光无限，三人相约《蓦山溪》。此调又名《上阳春》，周邦彦《清真集》入“大石调”。查两宋词人之作，格律颇为繁乱。想来当时各家吟唱自有风格，但得入乐即可。因取周邦彦“楼前疏柳”词次韵，大致不出古人之律。其后四天又逢谷雨，眼见春天就要落幕，也学古人感时伤怀，再用前韵聊以寄意。其间淡淡愁绪，盖清明以来，腿脚疼痛半月有余，自忖人到知命之年，什么家国大事工作责任，说到底都不及身体重要。也许所有的无奈，就在于你既然要为生计工作，就不得不涉入红尘，于是总少不了要有一些烦心之处。

其一

2014. 4. 16

潇潇新绿，绿满湖边路。
谁约向幽深，倚春水、阑干近处。
红颜苍发，廊外但闻声，听笑语。
待回伫，不忍人归去。

风华渐老，幸一湖烟雨。
相伴得流连，休问他、何方钟鼓。
有诗书在，况酒洌茶香，杯且举。
沧波注，水碧情如缕。

其二

2014. 4. 20

清明过后，飞絮江南路。
便纵有春风，也落寞、愁云何处。
感时伤事，恹恹病中身，向谁语。
凭栏伫，无奈花残去。

惊风季节，却又当谷雨。
歌舞厌红尘，更何况、喧哗箫鼓。
将心意，尽付与诗书，眉案举。
目凝注，鬓发垂如缕。

附

蔡茜 《蓦山溪》

竹阴深处，处处相思路。
鸭戏入莲塘，日影斜、欣然归渡。
绿盏轻舞，芳气溢茅檐，人倚伫。
伊如故，风系幽香去。

明珰翠羽，已倦惊鸿语。
斗艳看娉婷，复白头，晨钟暮鼓。
小舭莹玉，正皓月当空，梵世相。
方顿悟，浊酒归黄土。

念奴娇　感慨时事

2014. 3. 6

中国高层反腐谓之“打虎”，近来适逢高潮即将来临，又当“两会”召开之际。自觉习、李执政一年多，危机中崛起，不畏艰险，锐意改革，许多可圈可点处。或者中国将迎来百年不遇的大好机遇，只要习主席的伟大复兴梦能坚持引导中国走向社会民主繁荣，他将毫无疑问成为中国现代历史上，声望超越毛、邓的一代伟人。有所感慨，遂填主旋律词。

江山万里，更千秋青史，几多陈迹。
百载沧桑风共雨，大漠恨长河泣。
六十沉浮，卅年繁兴，盛世如何觅。
路遥人迥，又藩篱障坚壁。

故国一代风流，谋华夏梦，展垂空鹏翼。
李广惊弦曾射虎，汉武赫然功绩。
法则身行，柔肠笑语，纵横闻征檄。
金瓯重整，尚期民主新习。

宴山亭　径山禅游并纪

2014.5.3

径山在杭州西北百余里外，近年以径山茶闻名遐迩，又有唐代古刹，迄今1300余年，素负盛名。假期去余杭径山。驱车前往，盘山曲径，回绕百十折。竹林遮蔽山峦，清风萦回古道，到得山巅，方得睹唐代古刹。要说起这径山寺的来历，却甚是有一番周折。自唐天宝年间法钦禅师始建此寺后，相传唐宋之际最盛期间僧众达3000余人，其时日本僧人多从径山学佛。径山寺在宋末元初渐次衰落，僧人多有远渡日本者，在日本佛教界自成系统，并建立日本禅宗三大流派之一的临济杨岐派。有此因缘，20世纪80年代日本僧人来此寻根，但见人去寺亡、一片荒废，唯余破庙钟楼，于是不禁呜呼感叹。当时日人带来许多径山寺文献，遂促成径山寺重建。

于今径山寺重修已粗具规模，饶是山深庙远，却依旧香火旺盛。寺内藏经堂有宋代张即之所书《金刚波罗蜜经》刊本，余甚是喜爱。寻问客堂，与方丈语，欣然赠我赵孟頫手书《般若波罗蜜多心经》刊本。此行有善缘，阿弥陀佛。在檀香弥漫的观音大殿里，瞻仰檀木塑成的千手观音，莲花镜台，菩提甘露。其时心下有思，一种教义，绵延千年，她把自己隐逸到深山之中，却依然是朝拜不绝；她把万象本质归之于空无，却仍旧能充满人的心灵。我想到了维克多·雨果写在《巴黎圣母院》扉页上的一句话：

“人们需要信仰，所以有了宗教。”径山寺自元代以来，先后毁建达9次。我大学时候同寝室一位同学，早年曾在附近乡村任教，说起当年径山寺但见破庙残垣，荒败不堪。然而多年来关于径山寺的传说，以及从这里流播开来的佛音，却从未间断过。径山寺的佛音属于一种比较生活化的禅宗，宗教史学家葛兆光教授曾说过：“中国佛教各宗派中，最深奥和深刻的唯识宗寿命最短，义理分析见长的三论、华严信众不多，方法直接而义理简明的天台、禅宗较为盛行，方法最为朴素义理最为简单的净土则延绵千载信徒众多，这就证明了宗教生活化的意义。”如今径山上多有山民，寻常以生产“径山禅茶”为生，每日准时到寺里做义工。在长期的熏染中，这些原本并无宗教信仰的山民们，也渐渐地笃信了佛祖。伟大的佛陀啊，我们正是这样聆听你的足音！

径山归来，便有意记之以诗文。写径山不唯在写它的景致，但历来专一写佛的诗却鲜有能写好者，词则更是几乎没有。唐代诗人张祜曾站在法钦的遗像前有所感悟，写了《题径山大觉禅师影堂》诗：“超然彼岸人，一径谢微尘。见相即非相，观身岂是身。空门性未灭，旧里化犹新。谩指堂中影，谁言影似真。”虽然诗中有“相”“彼岸”“空”这些佛教语，但纵观全诗，他仍旧不过是一个游历于此登门而过的游客。后来，到了宋代大文豪苏东坡的《游径山》诗里，佛禅的意味则更加淡然，所写全都是胜景如画的气势：“众峰来自天目山，势若骏马奔平川。中途勒破千里足，金鞍玉镫相回旋。人言山住水亦住，下有万古蛟龙渊。道人天眼识王气，结茅宴坐荒山巅。”如今我来写径山，若是写景则远不如手机随拍更加逼真，如若写佛则自觉远未体悟。好在自来径山之作中少有佳作更鲜有词，所以便间杂个人感受，草成长短句一阕，乃取《宴山亭》为调。

风竹千竿，叠绿万顷，九曲重峦深嶂。
闻道径山，野语茶香，古寺自堪寻访。
渐老春风，意兴在、适然欣往。
弘放。看胜境清嘉，景幽香旺。

曾经几番明灭，乱云悚归鸦，庙残荒莽。
僧落东洋，远渡禅音，钟声也添惆怅。
依旧青山，总不绝、樵歌弹唱。
遐想。凭寂静、虚无世相。

词二首　次韵远荷

西木居士雷栗远居美国，在堪萨斯州立大学。词作远迈，荷风香韵，甚有清致。其洒落开阔处，正有“意气风扶，狂书劲粹”之酣畅。特为次韵酬赠，命之远荷。

一　望远行　赠远

2014.6.4

端阳雨后，天如洗、洒落晴空新霁。
正凝眸处，北望长安，往事几曾飘逝。
却道当年，执手御园初见，清夏夜风陶醉。
便思君、从此危栏遍倚。

还记。犹是十年旧梦，梦未醒、水波花蒂。
纵有远怀，奈何渺渺，明月冷光千里。
惊别匆匆欢聚，巫山云断，罗带犹思香芰。
借一樽相约，珍惜浮世。

二　踏莎行　远荷

2014. 6. 30

夏雨新零，梅风人醉。
婷婷青盖浮香翠。
一枝赠远忆清蘽，风华逸韵悄尘世。

意婉情深，涵香心粹。
回眸渺渺身千里。
凌波连晓梦魂萦，焉知蝴蝶非耶是？

附

西木居士词二首

一　望远行

清蟾水浴，云低涴，过雨长天初霁。
影绰螺屿，缥缈生姿，隐隐远帆渐逝。
侧畔莲塘，流影燕飞莺盼，蝴蝶影翻风醉。
沐清风，佳丽凭栏独倚？

曾记。相约二三雅士，赋翰藻，比肩并蒂。
茕立如今，藐涯地角，无尽念思千里。

独坐溪头低语，来年同看，万顷红芳荷芰。
止水凝望久，逍遥尘世！

二 踏莎行 风荷

西畔萍湖，丹霞沉醉。
横遮擎袖层云翠。
风吟霞佩湿香襞，烟波渺渺娉绝世。

意气风扶，狂书劲粹。
星星点点华胥里。
清妍物我自由心，河山妩媚应如是。

水调歌头　哀隋炀帝

2014. 6. 22

早有写运河之意，却久未能成篇。浙江大学城市学院滨河而立，时常过往偶有凭吊，每每感叹古今历史。由运河而忆及隋炀帝，这个英武的开创之君，统一南北，东征西拓，开科修渠，畅通丝路，做了许多前朝后世未能做成的雄功伟业。然而太多的领先意识，使他忽略了这个伟大的帝国此前经历了几百年的战乱分裂，到他手里统一还不到 30 年时间，以至于耗费民力招致天下大乱。可怜其胸怀大志，伟业未竟，后世但谓之荒淫。呜呼，倘使隋帝之业有成，则汉武唐宗为之逊色也。感慨历史，乃为之歌。

千里运河水，浩荡越千年。
帝京舒展河洛，涿郡北行间。
通济黄淮东向，情系维扬明月，烟柳画楼船。
多少古今事，谁与说悲欢。

隋运短，业未竟，命先残。
可怜壮志湮灭，血泪溅江山。
依旧琼花传唱，总为拱桥倾诉，长叹几凭栏。
波漾笛声起，流逝更无言。

贺新郎　谈笑次韵

2014. 8. 25

平阳邦胜兄昔年求学时，诗词相习，今且久违，同学群里见说，前几天不忿某诗自云有唐诗文采，故填词《贺新郎》一抒其意。吾谓以此观鲁迅文学奖，非为诗者拙劣，乃是鲁奖不堪也。今观邦兄之词依然如昔，豪气干云，特为次韵之。

佳句凭谁有?
问何人、老来谈笑，浩歌欢奏。
衣袂当年曾相识，豪放依然快口。
骨姿瘦、一杯浊酒。
但使斜阳花落去，絮乱飞、犹是风吹柳。
心似镜，水波绉。

平阳抛别西溪久。
叹流光，不染苍发，世情刍狗。
多少云烟沉浮事，早已红尘参透。
酌清韵、与君相授。
看破功名无惊处，且任他、腐木终归朽。
吾共汝，玉词漱。

附

张邦胜《贺新郎》

漫说唐诗有。
笑而今，绝伦绝唱，凯歌高奏。
争看肉麻翻时尚，道是神奇顺口。
诩将进、凭茶代酒。
欲效颦眉歌井水，奈岸边、无处寻杨柳。
风乱起，吹池绉。

由来画虎徘徊久。
况涂鸦，荒唐满纸，心中唯狗。
瓦釜如雷夸天籁，偏爱黄粱熟透。
问何物衣冠教授。
儿辈功名青白眼，料鲁翁杂感新求朽。
洗耳罢，倚流漱。

六幺令　谒盖叫天旧居

2014.10.3

燕南寄庐在杨公堤西面的赵公堤上，是著名京剧艺人盖叫天的故居。盖叫天一生英风洒落，堂中自题百忍，德艺俱佳，威武不能屈。然晚岁终究未能逃过“文革”，筋骨折断，含恨而去，但只留得《十字坡》《三岔口》，诸多折子垂名后世。

风清波澹，幽径满秋色。
燕南寄庐何在？寂寞问遗迹。
绿树斑驳照影，冷落高墙白。
自然天质。想三岔口，总是梨园溢香泽。

尽道英风潇洒，十字坡前客。
一任世事混沌，百忍成艺德。
傲骨铮然岁晚，含恨谁堪迫。
盖门松柏。经年犹记，云暗重林日萧瑟。

桂枝香　孤山四照阁

2014. 11. 8

四照阁在孤山西泠印社中，原为宋代古迹。登阁四望，湖山尽入眼底，诸友雅聚那日雾锁西子，虽少了些湖光潋滟，却增加不少山色空蒙。几人谈笑古今，余谓柳永、辛弃疾两位宋词大家，人生及词风迥异，然于歌词皆是疏放性情。午间向孤山之北清雪庐小饮，这个看似幽静的地方，民国年间称作“裘社”，是为纪念辛亥英雄裘绍、尹维峻夫妇所建。据说著名作家麦家的小说《风声》中，那个叫裘庄的神秘豪宅就在这里。

孤山四照，正烟锁西泠，湖光缥缈。
谁念长堤柳色，雾环风绕。
瀛洲举目何曾见，但参差、迷蒙荒草。
幸回眸处，高朋雅聚，茗香谈笑。

觅幽径、徐行便道，向清雪庐外，裘社堪考。
淡酒清杯，舒放自然怀抱。
风流卓荦英雄事，柳郎流落稼轩老。
任他天命，此时心境，且疏喧闹。

下编

近体诗161首

除夕夜忽忆梅花

2009. 1. 26

除夕之夜，爆竹声乱，惊人未眠。凌晨忽念梅花季节，竟忘却花期，俗人俗世又逢俗事，不妨自作高雅，潦草梅花之诗，今夜且与梅花共眠。

夜惊爆竹尘声乱，忽忆寒梅发几枝。
春意初归南岸路，杨花未遇柳花时。
暗香寂寞成疏影，梦浅风轻且入诗。
雪净孤山谁与伴，梅妻鹤子犹未迟。

七绝次韵二首

2010. 1. 6

日前傍晚友人漫步，林中栈道，残雪未除，即有诗意，未能成篇。偶见汤薇大作，心性略同，慨然相次。次韵方出又得柏舟兄和诗一首，诗词唱和原本就是文人雅事，尤其次韵唱和之诗于法度中却见从容。想新年伊始先见诸君作《望海潮》词，今又见绝句相和，赏佳作连连，再作答谢一首。

一

偶然残雪入寒林，邂逅相闻有瑟琴。
漫语人生疏旧事，悠闲此处淡然心。

二

元日方闻望海潮，旋今却见忆琴箫。
何时但把茶当酒，共与春风话妖娆。

集燕清喝火令语成一律

2010. 4. 23

梅开暨岭媚轻烟，梦渐吴灯未入眠。
芳草碧连迷野渡，杏花白上染闲园。
曾经柳影相牵手，依旧棠风著素颜。
辗转新词心几许，峰青月远夜将阑。

暮春江南雨

2010.5.14

细雨春才去，轻风夏又归。
迷濛桃叶渡，不见柳丝飞。
湖畔听溱洧，山间颂式微。[1]
翩然思古韵，绿瘦又红肥。

【注释】

①《溱洧》《式微》，皆系《诗经·国风》中名篇。前者写青年男女河边春游，相互谈笑赠送香草，用以表达爱慕的情景。后者多解，首句“式微式微，胡不归?”意思是说：“天已经晚了，你怎么还不回去呢?”

团扇诗次韵飞燕

2010. 6. 5

柏舟孟夏杂咏，缠绵悱恻，乡思兼有相思，令人思绪万端。乃随韵敷衍相和绝句一首，得有相思之意乎？

春去无声清夏来，班妃团扇忆徘徊。①
相思愿作拂风柳，却共天光任意裁。

【注释】

①“班妃团扇”句：班妃即班婕妤，是《汉书》作者班固的姑姑，妙龄之年选入汉成帝宫中，颇受恩宠，受封为婕妤。后成帝转而宠爱赵飞燕姐妹，班妃遂受冷落，并遭赵飞燕的嫉恨。在遭到冷遇和打击之后，班妃自请长信宫供养太后。在那里她写了著名的《团扇诗》，感叹自己的情怀遭际：“新裂齐纨素，鲜洁如霜雪。裁为合欢扇，团团似明月。出入君怀袖，动摇微风发。常恐秋节至，凉飙夺炎热。弃捐箧笥中，恩情中道绝。”唐代著名诗人王昌龄，曾作《长信秋词》五首，拟托班婕妤的感情，其中第三首：“奉帚平明金殿开，暂将团扇共徘徊。玉颜不及寒鸦色，犹带昭阳日影来。”

秋到江南有感

2010. 9. 13

秋风吹雨过江南，高树依稀续晚蝉。
水漫残荷香韵在，山衔古木气息寒。
桓温喟叹含清泪，①潘岳伤怀鬓发斑。②
潇洒何须乘月色，浩歌把酒共长天。

【注释】

①桓温：东晋大司马，执朝柄，曾三次率军北伐。《世说新语·言语》载："桓公北征，经金城，见前为琅琊时种柳，皆已十围，慨然曰：'木犹如此，人何以堪！'攀枝执条，泫然流泪。"

②潘岳：西晋人，字安仁，即后世所称潘安之貌者。尝作《秋兴赋》感叹自己"三十有二，始见二毛（黑发间生白发）"，"悟时岁之遒尽兮，慨俯首而自省。斑鬓髟（biāo 平声，长发下垂的样子）以承弁（帽子）兮，素发飒以垂领"。

秋夜二章

一　秋夜漫步西溪

2010. 9. 20

昨夜西溪觅月辉，拱桥曲栈水波微。
蒹葭叶上扶疏影，木槿花开气韵飞。
笑语无拘浑不顾，清歌肆意应无违。
归来却误当时路，邂逅红香伴绿肥。

二　中秋无月

2010. 9. 22

细雨低迷郁满城，中秋何处觅清明。
年年三五常着意，今日孰知昨日同。
月去月来原无迹，人留人往却关情。
冰心一片梦寥廓，千里河山别样晴。

同窗旧忆二首

一　忆少年观潮

2010. 9. 27

钱塘江大潮在每年仲秋之际。1978 年秋，同学相率海宁盐官看潮。海宁距杭州不足百里，当时交通竟要半天，前一日去通宵江边。次日东方既白，潮声惊醒，千军万马，景象壮观。此后凡 32 年，居钱江之便，年年有大潮，却再也没有去看过。

少岁盐官罗刹潮，朋窗与共待中宵。
梦回鼙鼓千军发，势若貔貅万马朝。
三十二年依旧梦，一怀愁绪问渔樵。
沙沉壮志东流水，残卷青灯夜色迢。

二　30 年同学会后

2012. 3. 8

聚望神州气若山，浩歌挥袖泪襟潸。
青春自许唯苍发，壮岁无功愧红颜。
世事从来歧路远，人生自古道维艰。
春风一别三十载，又唱梅花二月间。

赏秋韵感叹花如美人

2010. 10. 17

梁进作《秋吟》，诗画相映，五色斑斓，情趣盎然。乃不辞粗疏和韵一首，虽难免步美人如花之窠臼，然花亦美人，也是一种兴致。

丰姿秀韵俏红颜，玉腕朱唇妆镜前。
淡扫蛾眉秦月在，轻抛云鬓汉河悬。
霜风未尽三秋意，寒雾犹思五月天。
遍阅闲情归旧梦，繁花似水岁如烟。

附

梁进《秋吟》

桂影玉阶秋绰约，月盈寒露东篱前。
落霞飞彩层林染，重叶累实独枝悬。
白首并蒂吐素丝，红颜磊挂号霜天。
碧油千片溢朱珠，遍地英雄下夕烟。

赞柏舟秋兴诗

2010. 10. 19

柏舟步少陵韵作秋怀八首，意深辞工，寄兴良多，评论间乃为之一赞。

秋风萧瑟动凄凉，未许清寒凝晚霜。
一叶柏舟苏子意，①八篇离黍少陵肠。②
从来儿女关心事，偏向家邦系感伤。
白发休辞廉颇泪，③诗心堪比暮云长。

【注释】

①“一叶柏舟”句：《诗经·邶风·柏舟》有句：“泛彼柏舟，亦泛其流。耿耿不寐，如有隐忧。”此处柏舟亦双关友人。苏子即宋代大文豪苏轼，其《赤壁赋》写秋夜泛舟赤壁之下，怆然宇宙人生之感，堪称千古之名篇。

②“八篇离黍”句：《诗经·王风·黍离》有“彼黍离离，彼稷之苗。行迈靡靡，中心摇摇。知我者，谓我心忧；不知我者，谓我何求”句。少陵，唐代大诗人杜甫自号少陵野老，其名篇有《秋兴八首》，通过秋怀秋情，写家国命运与身世之感。

③廉颇：战国时赵国名将，屡立战功，勇猛果敢闻名诸侯各国。后因谗被免投奔魏国，赵王想再用他，使人探望其身体情况，廉颇当着使者一饭斗米，肉十斤，披甲上马，以示尚可用。赵使因受贿于廉颇仇人，归报赵王说：“廉将军虽老，尚善饭，然与臣坐，顷之三遗矢矣！”赵王认为廉颇已老，遂不复起用。

杂诗三十二首

2010. 12 — 2011. 3

一

人生往事纷如雪，横笛吹落梅花月。
说尽心曲意犹深，凭君雅韵联新绝。

二

芙蓉霜过几枯荣，秋水惊风忆落红。
鹭入蒹葭浑不识，归来银杏话飘零。

三

云舒月淡凤箫声，水碧芦白竹影风。
独向云栖寻旧梦，林深鸟静寺山空。

四

琼枝无语也伤神，珠泪抛零意欲嗔。
万物无情及卉木，只今始信有花魂。

五

世路风霜自古艰，文章经济历来难。
沧桑阅尽人犹在，却向诗书话等闲。

六

雪飞始信酷寒来，乱絮撩人意徘徊。
冬日新晴千里霁，腊梅临水可曾开？

七

西溪归棹寄清寒，梅老香消韵未残。
解释春风无限恨，泊舟日暮倚栏杆。

八

三月风和日丽嘉，江南春色尽天涯。
清歌但向蓬莱去，一样轻舟逐浪花。

九

凤歌曲竟慢吟诗，舟系蓬莱正此时。
未辨栖身长为客，春风尽管染须髭。

十

西溪春水晚来风，酒淡茶香意兴浓。
山染绿波云影外，景约神韵镜头中。

十一

落日苍茫蔚水天，舟行木秀自怡然。
春光偏向西溪住，风月四时伴我眠。

十二

昨日西溪水似烟，友朋聚酒意联翩。
放言左右何人缺，君在蓬莱少一仙。

十三

南北东西一段云，风清雨远尽销魂。
河山剩有沧桑在，聊付情天作杜吟。

十四

风从东海向南闻，满目江山国事焚。
愧为书生空感叹，此心寥落寄浮云。

十五

谈古论今意入穹，青梅煮酒论英雄。
谁怜鬓发垂丝缕，却道鉴湖有放翁。

十六

寂寞流光透晚梢，影飘叶落觅归巢。
清寒乍起情萧瑟，秋水无声浸岸茅。

十七

菩提静叶浅秋中，偏爱云天万里空。
洒落西风浑不识，尘无一点尽澄明。

十八

天风寥廓动秋光，都道菊花满目黄。
姹紫嫣红皆有意，轻飘逸韵入诗腔。

十九

碧水蓝天送客还，鹅童野渡旧桥间。
功成若使无身退，此处风光应不闲。

二十

西溪暮色看斜阳，老树疏篱茅草房。
惯向风花成雪月，怡然自在宝奁厢。

二十一

春风着意断桥边，夜月朦胧生紫烟。
谁剪白堤新柳细，亭亭塔影亦缠绵。

二十二

一枝照水且临风，万点随波影亦濛。
道是灵峰梅盛日，春寒料峭暗香盈。

二十三

山亭翼立越尘凡，世事苍茫淡若烟。
天远云高清气廓，长风运化亦浑然。

二十四

淡云薄雨沐清凉，端午风轻粽子香。
湖水都从荷叶满，人情更比柳丝长。

二十五

天高云远流霞外，野旷禾香绿树前。
久在樊笼心已倦，悠然心寄问归田。

二十六

湖光不老人情在，秋色含情分外娇。
占断溪山风一缕，桴槎海上亦堪娆。

二十七

京华雾霭入琼南，暮色苍茫遮蔽天。
泊岸渔歌空唱晚，谁将惆怅系归帆？

二十八

六月江南看采莲，亦晴亦雨亦悠然。
芙蓉照水谁惊艳，一叶轻灵系小船。

二十九

辜负几番酬唱意，又疏柳浪早莺啼。
而今更惜风和月，山水鸥盟且共栖。

三十

秋尽江南香未停，云飞风过水波惊。
十年一觉南柯梦，梦醒方知万事轻。

三十一

玉人何处教吹箫，点染溪山分外娇。
落笔春风歌一曲，浮生旷放自逍遥。

三十二

鸿飞何处不留痕，望断天涯苦觅春。
独钓寒江情似雪，红颜憔悴为斯人。

步韵李泳《月圆答湖上诸子》

2010. 12. 22

花月几番几赋诗，高山流水寄新枝。
钱塘雪落梅开日，锦里云飞风起时。
陋巷箪瓢回也乐，[1]衡门之下可栖迟。[2]
人生恬淡常清景，莫负光阴勤作词。

附

李泳《月圆答湖上诸子》

一片飞花一句诗，西湖雪压万千枝。
吴船借梦惊魂处，锦里听风望月时。
月满江天如雪落，风生桂阙问花迟。
三千里外同萧瑟，一夜长吟半醒词。

【注释】

①“陋巷箪瓢”典出《论语·雍也》：“子曰：贤哉回也。一箪食，一瓢饮，在陋巷，人不堪其忧，回也不改其乐。贤哉回也。”

②“衡门之下”典出《陈风·衡门》：“衡门之下，可以栖迟。”“衡门”，谓横木为门，极其简陋。“栖迟”，犹言栖息、安身。此系隐居者安贫乐道之辞。

七律　赠友人

2011. 1. 8

世事沉浮尚自知，人情冷暖惯常时。
庄周濠水问鱼乐，[1]沮溺津耕过仲尼。[2]
穷理向来难尽意，刨根何必苦追思。
感君怜我心寥落，夜静风回晨赋诗。

【注释】

①《庄子·秋水篇》记有庄周、惠施濠梁观鱼之事：“庄子曰：‘鯈鱼出游从容，是鱼之乐也。’惠子曰：‘子非鱼，安知鱼之乐？’庄子曰：‘子非我，安知我不知鱼之乐？’”

②长沮、桀溺：传说中春秋时楚国隐者。《论语·微子》：“长沮、桀溺耦而耕，孔子过之，使子路问津焉。”

飘雪不止踏韵入声

2011. 1. 20

昨夜飘雪今日不止，晨起早会，看琼枝缀玉，层楼尽白。好一个茫茫世界，浑化了一切。心有所兴，入声叶韵吟成一首，自觉颇为有致。

宿酒梦回依旧雪，飘絮尽染西城夜。
玉妆千里寂无声，琼洒万家意难歇。
质性自然常率真，闲情疏放尚冰洁。
皑皑道远何所之，且问横笛梅破月。

春游永福法喜寺

2011.2.13

春风绿染石径新，山寺清幽远路人。
才向塔前聆古意，又从殿外味禅音。
尘埃浮世常观照，寂寞人生有静心。
感叹菩提本非树，俗缘未辨塑金身。

京华唱和

2011. 3. 23

水法有去岁秋日登长城诗，昨日飞递，彼时有兴，奈无空暇。今晨驾车路上有所思，乃步韵一首。诗成又见龙飞兄步韵之作，沉郁颇有笔力，一并附之于此。

次韵水法登长城诗

霜星渐染意蹉跎，往事如烟结梦罗。
风月有情常坠泪，江山无语寄苍波。
韶华远去知音少，世路新来寥落多。
且幸相逢都一笑，激扬文字任君说。

附

韩水法诗并序

2010年10月18日与友人登长城，飞雪突降，红叶顿时素裹，阴风顺势连绵；觉山高而天低，人远则寒近，有感。2011年3月22日改定。

长城廖落去蹉跎，凌越万峰生紫罗。
一意孤飞悲游子，百年群啸恨漫波。
风吹惆怅满怀少，雨洗江山半壁多。
更怜秋雪日夕舞，乱我白发向谁说？

徐龙飞诗

龙骧虎跃起旋跎，迢递关山障旖罗。
立马秋笳心有泪，驰旌悲笑海无波。
忽如雪烬千冈暗，又报烟声百代多。
圣手医成天下事，留将坟典任评说。

七律二首　夜静层云

一　静夜感思

2011. 3. 9

夜静思深更漏阑，依稀曙色梦归残。
春风不顾梅花破，晓月还随柳叶弯。
世事云烟归一瞬，人情闲散能几天。
前因后果谁知是，澹澹清波素亦闲。

二　层云飞渡

2011. 4. 9

层云飞渡意从容，万里长天万里晴。
往顾八荒飘渺处，俯观四野有无中。
神驰浩瀚三千里，心有灵犀一点通。
任性自然归大道，人生似水水如泓。

端午龙舟绝句六首

2011.6.7

一

西溪水漫动颜容，风雨端阳忆旧踪。
放纵龙舟何处去，浮生泊岸又一重。

二

春草萋萋夏水湄，湖山四季有风姿。
秋风煮酒鲈鱼脍，且待故人赋好诗。

三

轻风吹雨苇叶长，喜气盈门艾草香。
遥闻锣鼓龙舟近，把酒祝福又端阳。

四

浮生一叶似飘萍，傍水依山且寄踪。
夜雨西溪寻旧梦，云栖竹影逸闲情。

五

清风五月是端阳，粽子叶长艾草香。
谁解诗人丹桂意，犹怜夏雨做秋霜。

六

赤橙黄绿青蓝紫，天籁自然自有姿。
人世沉浮归一瞬，何如大道万千诗。

赠柏舟聊且寄意

2011.6.13

望云惭鸟愧鱼渊，[1]偏向蓬山又觅仙。
世事千寻都眼外，闲情一抹尽心间。
我行天命常驰纵，君既顺年亦作颠。
偶有歌风成雅颂，归鸿挥手任盘旋。[2]

【注释】

①“望云惭鸟”典出陶渊明《始作镇军参军经曲阿作》：“目倦川途异，心念山泽居。望云惭高鸟，临水愧游鱼。”

②“归鸿挥手”典出嵇康《赠兄秀才从军》：“手挥五弦，目送归鸿；俯仰自得，游心太玄。”

送别次韵杜工部

2011.7.19

昨日儿子赴美签证，今日伊人赴欧将行。这个夏天充满依依惜别。

夏雨苍山绿，云飞越凤台。
浮槎心境在，迢递紫云开。
海阔风华远，天清意蕴来。
子衿频入梦，玉佩踏歌回。[①]

附

杜甫《送翰林张司马南海勒碑》

冠冕通南极，文章落上台。
诏从三殿去，碑到百蛮开。
野馆浓花发，春帆细雨来。
不知沧海使，天遣几时回？

【注释】

①《诗经·郑风·子衿》："青青子矜，悠悠我心""青青子佩，悠悠我思"。子衿，指对方的衣领；子佩，指对方所戴玉佩。

秋冬题画诗九首

2011.11.22 — 2011.12.7

一　兰花

绿叶红冠并蒂花，春风相伴几人家。
才思化作柔情在，尽写丹青染彩霞。

二　远山

青山无语含真意，草木飘零寄远风。
万里云天长感叹，人生如梦幸相逢。

三　近水

碧水清波漾细澜，轻舸一叶荡归帆。
渔歌飘渺苍江上，岸草如茵郁柳烟。

四　钱江大桥

江上秋风旷远空，轻云淡扫暮烟浓。
长桥沐雨几多泪，阅尽人间路不平。

五　危岩飞流

飞瀑连天咆哮来，喧石壁立霍然开。
巉岩嶙峻湍流涌，汇向沧江入海怀。

六　古街深巷

斑驳深巷惹青苔，冷落斜阳瘦影徊。
浮世沧桑千古意，人生俯仰几情怀。

七　断桥残雪

湖光料峭锁清寒，琼满斜桥雪未残。
鸟静人稀车迹近，只今何处觅许仙？

八　幽兰芬芳

清新一叶自幽香，淡雅从来不艳妆。
君子怡心风韵处，高情无语也芬芳。

九　江天雪景

素玉绫飞染远云，江天万里净无痕。
冰封寒水清流在，雪暗苍山浩气存。

题湖山秋照

2011.11.28

湘明兄有湖山秋暮诗兼湖光山色照影，素爱秋天，读之甚喜，特命笔相和。

寒波何澹澹，岸柳倚秋风。
湖外山迭绿，波中萼染红。
天高兴寄远，云暗忆思朦。
晚照渔歌起，随它枯与荣。

附

陈湘明《湖山秋暮》

烟波连锦瑟，银杏沐金风。
兰芷吟霜绿，芙蓉照水红。
茶悠霞灿烂，柳怅雾空朦。
涨落归秋色，何必问枯荣？

岁暮古风有感

2012. 1. 13

岁暮之际，阴霾连日不散，加之这个年纪堆积于心的流逝之感，难免生出一种悲怆之气。悲怆不仅是古今诗歌的主要基调，也是人生对自然的心理观照。想陈子昂《登幽州台歌》："前不见古人，后不见来者。念天地之悠悠，独怆然而涕下。"这也许是自古以来历史人生最为深沉的感伤吧，这种感伤具有一种宇宙情怀，因此也是不可避免的。

冻云遮天日，暝色连苍穹。
浮光临岁晚，黯淡物华凝。
周遭复回望，草木寂无声。
老树横枝瘦，孤叶舞寒风。
天涯常倦客，何处觅归程？
雅意知今古，暖暖故人情。

咏梅花

2012.3.1

照水怜清影，临风逸韵香。
瘦枝横雪净，细蕊自芬芳。
淡扫娥眉月，何须倚艳妆。
天然归本性，质素骨刚强。

春风三律咏和诸君

2012. 3. 16

一

寂寞连三月，凭君对说诗。
有情难为句，无绪令谁知。
夜雨魂归早，朝云梦醒迟。
翩然流目处，晓日绕晴丝。

二

三月春风至，朋侪尽赋诗。
云高情意在，海阔素心知。
蓬岛波声远，茶山日影迟。
何时当聚首，绿草碧如丝。

三

解释春回意，天涯竞咏诗。
云轻传远信，风细约邻知。
落日梅香晚，晨星柳叶迟。
东君怜我愿，莺语系游丝。

戏作“烟锁池塘柳”五行诗

2012. 4. 4

相传“烟锁池塘柳”为古代联句，是为上联，出句含金木水火土，一句之中五行尽有。历来下联对句甚多，但一般诗句之中要五行都用上，则难免显得太过密实，很难再清空流畅。清明之日趁了清闲，凑成八句七言诗，句句都有五行，也是游戏娱乐。只是摆弄良久，也无法全部平仄粘合，看来确乎其难，余才所不及也。

烟锁池塘柳色深，水鉴坝桥灯影沉。
榆火钱江堤上月，烛泪梳镜尘面人。
壁烬钗横湿玉骨，沙埋枪销烽照魂。
桃烨金城清明日，灶钱松酒燎黄昏。

七律二首　隐括乡愁

2012. 4. 26

一

清愁漂落入寒山，瘦影凭窗意黯然。
缥缈乡思归鸟倦，依稀别梦远帆还。
离歌逐水江枫外，长发随风海棠间。
夜静无言渔火暗，独将珠泪向阑干。

二

天涯道阻归云晚，人世轮回几变迁。
水落犹知梦泽远，花开总向楚山连。
浮云蔽日终成缺，朗月疏星独自圆。
千里思乡常落寞，春风吹度数流年。

次韵钟炳公园漫步

2012. 4. 26

春风着意行，处处见清明。
杨柳随腰舞，桃花向脸生。
湖光涵秀丽，草色蔚欣荣。
絮落还疏放，舒怀境自成。

附

钟炳《公园漫步随想》

随意水边行，湖光照眼明。
舟移云影散，风起縠纹生。
春老花伤色，时迁木向荣。
乾坤各知趣，运化自天成。

七言三首

2012. 5. 2

一　赞山茱萸花

柔质凝霜皎玉颜，流风回雪渌波闲。
冰肌倦起蝴蝶梦，玉骨微疏柳叶弯。
花发异乡行路远，香归故里绕阶前。
星河无语遥相望，明月从今忆婵娟。

二　和韵柏舟诗

尽道忧愁诗兴长，一吟三叹意徜徉。
飘蓬虽是天涯客，万里从容尽故乡。

二　评点雷栗文

熏风拂袖染芬芳，姹紫嫣红竞飘香。
笑靥如花相对望，春光欲醉欲疏狂。

诗二首　读史并寄张泽院士

2012. 5. 27

一　读史随思

沧桑历史几沉浮，物是人非景不殊。[1]
岁月如歌随水逝，江山依旧伴人独。
英雄无数奸邪众，孔圣穷津沮溺孤。
掩卷长编谁坠泪，斜晖犹自漫迷途。

【注释】

① 《晋书·王导传》："风景不殊，举目有江河之异。"

二　寄张泽院士

竞秀千岩草木笼，云兴霞蔚气如虹。①
清风原自蓟门外，细雨来从两浙中。②
学术缜思穷碧落，辞章婉丽远晴空。
城楼静坐观山景，目尽青天入海穹。③

【注释】

①《世说新语·言语》："顾长康从会稽还，人问山水之美，顾云：千岩竞秀，万壑争流，草木蒙笼其上，若云兴霞蔚。"

②蓟门：燕京旧景，此处泛指京津一带。两浙：唐以后浙江分为东西两道，其区域涵盖浙江及江苏上海部分区域。

③张泽院士微博"我本在城楼观山景"，多有诗词雅韵。

咏史三章

2012.7.17

巍巍中华，悠悠百代，文韬武略，彪炳千秋。迄至今朝，经济振兴，富足自诩，忝列强盛。奈何近日，南疆东海，摩擦不断，朝野徒有议论，口惠而实不至。所谓富贵繁华兮意志磨灭，利刃在握兮剑不出鞘。忧来读史，草成三章。

一　咏汉武帝

高皇开业六十年，歌罢大风虑戍边。①
武帝英风笳鼓竞，胡尘未断塞声咽。
系缨南越终军去，扫荡北庭骠骑还。②
千古茂陵辞采在，秋来谁唱泛楼船。③

【注释】

①西汉开国皇帝高祖刘邦在统一天下后，曾作《大风歌》云："大风起兮云飞扬，威加海内兮归故乡，安得猛士兮守四方。"

②终军是汉武帝时的少年志士，其立志报国，曾请命出使南越（今两广及越南北部）。尝谓"愿受长缨，必羁南越王而致之阙下"。

③茂陵系汉武帝刘彻的陵墓。武帝尝作《秋风辞》，有"泛楼船兮济汾河，横中流兮扬素波"之句。

二　咏卫青、霍去病

风卷黄沙落日曛，驿传漠北有胡尘。
英雄出处何须问，鏖战功成酬谢君。[①]
老向长平声愈贵，少成骠骑享誉闻。
一编太史虽轻浅，读罢犹思卫霍军。[②]

三　咏唐太宗

仗剑凌风安宇内，便桥北向渭河盟。[③]
挥师突厥平西域，纵马高丽靖东瀛。[④]
何必安邦凭武略，更须兴国赖文名。
载舟道是覆舟水，青史于今忆魏徵。[⑤]

【注释】

①汉武帝时大将军卫青，原本是寄身平阳公主家的骑奴，后获武帝提拔讨伐匈奴，建不世之功，封为长平侯。

②卫青外甥霍去病，曾随卫青征战匈奴，善骑射，战后封骠骑大将军，悬军深入驱匈奴于漠北。年 23 岁病逝，曾谓“匈奴未灭，何以家为?”

③唐太宗李世民即位之初，突厥可汗率兵 20 万直逼唐都长安，京师为之震动。唐太宗被迫设疑兵之计，率文武将士隔渭水与之对话。突厥见唐军军容威严，又闻太宗许以金帛财物，遂杀白马立盟而退。

④唐太宗贞观时期，开拓疆域，安定边境，四方来朝。通过西征东征取得对东西突厥、高句丽甚至包括对中天竺（今印度境内）等国的胜利，确定了中国四边的安定。

⑤魏徵是唐朝政治家，唐太宗时以犯颜敢谏著称，他告诫唐太宗：“怨不在大，可畏惟人。载舟覆舟，所宜深慎。”唐太宗对此十分欣赏，他说：“君，舟也；人，水也；水能载舟亦能覆舟。”

晓梦初回

2012. 8. 4

清晓梦回，寂然虚落，颇有了无尘端之意。楼台清风，天际流云，油然起庄生蝶梦之思，遂以咏之。

虚怀清晓情寥廓，游目楼台但觉空。
细看云烟连远树，遥思风雨忆归虹。
曾经沧海人憔悴，却寄冰心向碧穹。
昨夜庄生蝴蝶梦，梦回犹觉意朦胧。

和韵《草原漫兴》四绝

2012.8.14

一　关河晓月

塞外寒云凝远树，黄沙路断阻天涯。
怜君独有关山月，唤醒晨曦送晚霞。

二　呼伦湖吟

湖上惊风大雁飞，胡笳声远去难回。
貂裘万里胡尘暗，铁马金戈几人归。

三　成吉思汗

大漠穷荒卷地风，天骄一代傲苍穹。
黄沙百战金戈冷，死去何人再引弓。

四　草原牧歌

蓝天万里意飞扬，骏马纵驰向远方。
嘹亮歌声谁为伴，白云无限也悠长。

永福寺夏游

2012. 8. 19

暑蒸七月天如火，闲踏幽阶台石清。
绿树苍葱沉静影，梵音缥缈隐蝉鸣。
冷泉本自流觞处，天籁原来寂静声。
祈愿福随桥下水，尘埃荡涤永澄明。

绝句三首

2012. 9. 4

一

吟罢相思一曲长，悠悠小令又太常。
寒波澹澹秋风起，满目蒹葭露为霜。

二

江山依旧几春秋，人世沉浮付水流。
渔火桨声灯影远，归帆何处系孤舟。

三

总向湖山喜放歌，秋风吹皱一池波。
孤山但觅梅边鹤，沽酒闲吟羡种禾。

从八卦田到钓鱼岛

2012. 9. 23

八卦田在杭州城南，为南宋皇家御苑。午后的八卦田在秋阳下，显得宁静而又浑厚，在古老的质朴中，默默展示出历史的沧桑。田苑有水环绕，其西南为玉皇山，山脚下有白云庵，拾级而上至山腰有天龙寺。天龙寺最初建于北宋乾德三年（965），其后历代都有毁修，寺中造像乃是五代吴越国佛教造像的杰出代表。山深寺隐，松涛万壑，石径歧路，有杂花生树，浓荫蔽日。虽然清幽无人，倒也香火缕缕。相形之下，皇家御苑但留得一抹残照，深山古寺却不断历世香火。归来恰友人韩水法教授见赠，乃作和韵，仓促草成二律。

一　八卦田秋咏

御苑遗踪没草丛，废池凋敝野花红。
山行树影三重外，水绕田垄八卦中。
歧路但随松叶茂，石阶却入寺门空。
回眸旧阙归残照，一缕清香弥勒风。

二　和韵水法兄京九北上诗

从来意气多寥落，总向江山论短长。
书史遍观空有恨，关河纵览满怀伤。
烟波世事连荒岛，激越何人奏羽商？
今夜秋风吹细雨，浩歌萧瑟更苍凉。

附

韩水法《京九线北上即兴》

从容北上南天阔，际会风云秋色长。
或有神龙人不见，并无盛世意可伤。
强邻海外吞汉岛，暴众国中劫宋商。
公子燕园如设宴，旅尘一洗夜尤凉。

题照诗七首

2012. 9. 28

一

灯影重楼小巷幽，高枝连苑正清秋。
往来过客知多少，几处欢声几处愁？

二

平明晓色迷深巷，隐约清风入古墙。
借问小桥青石板，谁人先睹好辰光？

三

梦里江南故事多，小桥流水戏街河。
蝉声婉转轩窗外，桑叶归来弄玉梭。

四

骑楼古朴忆朝云，旭日轻飘柳色薰。
古镇风情依旧在，当时名动九州闻。

五

沧桑世事惊风雨，碧水周遭浥旧痕。
清茗一杯相对坐，闲情未诉已销魂。

六

此处天心昭日月，秋芦犹胜寒江雪。
清流飞溅跳珠声，依旧江南丹桂色。

七

秋入西溪绿未阑，风清水静柳丝闲。
蒹葭叶横芦花乱，冷落斜阳不觉寒。

咏怀曹孟德

2012. 10. 10

横槊赋诗临大江，度阡越陌走他乡。①
铜台醉舞连慷慨，赤壁忧歌入浩茫。②
明月无言情似水，秋风有意露成霜。③
谁人今夜观沧海，萧瑟中原望洛阳。④

【注释】

①宋代苏轼《前赤壁赋》里称曹操“酾酒临江，横槊赋诗，固一世之雄也”。《三国演义》第三十八回写到“宴长江曹操赋诗”，所赋之诗即为著名的《短歌行》，其中有：“越陌度阡，枉用相存”之句，以此表达求贤若渴的心情。

②铜雀台位于今河北临漳县境内，古代属邺城。曹操击败袁绍之后于此筑台，台高10丈，有屋百余间，为曹操与文人骚客宴饮赋诗，与姬妾宫女歌舞欢乐之所。

③曹操《短歌行》中有句云“明明如月，何时可掇”，意谓贤才有如天上的明月，什么时候才能摘取呢？又有“月明星稀，乌鹊南飞。绕树三匝，何枝可依”，说人才徘徊不定，无可依托的情景。

④建安十二年（207）曹操北征乌桓胜利回师，途径渤海边的碣石山，写下了一首著名诗篇《观沧海》，抒发个人的雄心壮志，反映了诗人叱咤风云的英雄气概。

秋光三颂

2012. 11. 12

一

秋风渐老碧波间，水漾云低气色寒。
霜树叶浓成烂漫，瘦枝清冷意阑珊。
缤纷飘落知何处，散乱成泥谁与怜。
岁晚人疏情愈澹，心无牵系对江天。

二

风云万里寄苍江，一路长歌度远乡。
诗意但随风瑟瑟，秋思却伴水茫茫。
将军解甲归耕处，夕照轻舟月似霜。
回望家山心浩淼，情从瀚海看曦阳。

三

北望秦关忆远程，黄河直下岭斜横。
当年烽火咸阳道，今日犹传高士名。
都说长安王气盛，岂闻渭水钓鱼声。
汹汹天下争趋利，浊浪几时方是清？

新春将至次韵三绝

2013. 2. 1

一

漫道龙蛇入旧年，春风往事去如烟。
冰融雪雨寒犹在，却向归云问自然。

二

仰慕神龙已数年，轻帆浪遏远行船。
灵蛇特为含珠意，且信浮生必有缘。

三

易言知几谓之神，毓秀钟灵始为人。
道可道时非是道，新依旧则旧还新。

四季题画诗九首

2013. 2. 14—2013. 3. 31

一　严冬季节

高天一抹系流云，衰草无言木有魂。
沧海蜉蝣终是客，寒江不见钓鱼人。

二　湖山清秋

秋风洒落入江南，碧水澄清更自然。
潋滟湖光无限意，云飞野渡不胜闲。

三　夏日田园

雨后云开夏日光，清风十里稻花香。
蝉歌入夜人无寐，却伴蛙声共梦乡。

四　江南小巷

家住吴门小巷幽，窗前绿水过轻舟。
连街石道衔青瓦，缥缈炊烟归暮牛。

五　春花烂漫

点染春风草木深，清明雨过更销魂。
相思珠泪雁成字，尺素天涯觅远人。

六　由冬入春

丹青点染郊原雪，韵致飘飞二月风。
门外雪消依旧绿，江边花发又新红。
忽闻十四情人日，偏道初五春节中。
高树流云常入画，枝连叶理便相逢。

七　野外村景

雪净寒山水为冰，草枯风冷冻云凝。
孤村流落荒原外，宿鸟萧条老树中。
归去春花多少梦，思来秋月几番情。
河山四季原如是，一任沧桑自古同。

八　行云流水

浩荡飞流千万里，乱云奔涌入涛声。
情归天地随风静，夹岸青山相送迎。

九　湖山空濛

坐看湖山烟雨中，春风点染洗空濛。
此心常与湖山伴，细数闲花惜落红。

次韵余昕二首

次韵《问青铜》

2013. 2. 11

礼崩乐坏始而终，横扫神州亦祖龙。
但见沙场扬斧钺，岂闻高庙唱黄钟。
龙吟虎啸槐安梦，富贵荣华辗转空。
千古兴亡期律在，悲歌垂泪向天穹。

次韵《墨梅图》

2013. 2. 14

瘦枝照水几晨昏，沐雪清寒更断魂。
疏影临风常寄意，暗香盈袖亦归心。
春光杲杲怀君日，草色青青是子衿。
落尽芳菲洁质在，云烟洒落汨罗尘。

断桥戏言踏韵潇湘

2013.3.2

湘君湘人，因要踏韵“湘”字，便由二蛇与许仙联想，牵扯到了潇湘传说：尧有二女娥皇、女英，嫁于舜为妻。后来舜南巡，死在苍梧之野，葬于九嶷山上。娥皇、女英两位夫人闻此噩耗，便往南方寻找舜。二女到湘江边，望九嶷山而痛哭，她俩的眼泪洒落在竹上，竹子也因斑斑泪痕而染成了“斑竹”，是故“斑竹”也称湘妃竹。舜死，娥皇、女英亦不欲生，跃身波涛淼淼的湘江，化为湘水女神。屈原《湘君》《湘夫人》即言此事。最喜其中：“帝子降兮北渚，目眇眇兮愁予，洞庭波兮木叶下。”世间男女之情，不论多么悲伤，到了诗人笔下，都是美丽的传说。因此最后一句便很“恶俗”地把青白二蛇和娥皇、女英联想到一起。

白堤随夜色，风细柳丝长。
水浅湖光暗，桥斜树影黄。
保俶相对望，道阻往来忙。
浮想蛇仙事，斑妃远入湘。

改写人面桃花诗（外一首）

2013. 4. 8

偶然改写古人之作，把唐人崔护的人面桃花诗换了个主角，敷衍成一首律诗。恰读朱熹《出山道中口占》，又随手一绝句。

七律

桃花犹记当年事，半掩蓬门相遇时。
娇怯含羞眉欲敛，风华未及与君知。
红云飘散天涯远，人面凝眸归去迟。
又是桃花含笑日，轻愁聊且寄相思。

绝句

杨柳枝轻绿叶新，桃花照影旧时人。
东风不染青丝雪，却向飞红感叹春。

戏题李学宽在杭州

2013. 7. 24

一

惯看湖山夏季风，荷香渐老醉芙蓉。
倚门翠袖分莲子，无语佯嗔入画中。

二

潇湘水暖碧云天，七月晴空送客船。
岸柳不知荷叶泪，恐将残暑待归帆。

三

鸥鹭匆匆人未闲，西湖惆怅李学宽。
晓风约影晨曦外，残月茕茕照孤山。

四

断桥一路向孤山，柳老风清荷叶圆。
倩影娉婷谁竞秀，云飞暮霭色如胭。

五言口占二律

一　追韵青海湖

2013.8.6

瀚海闻羌管，依稀与梦连。
阴山轻宿雪，敕勒远寒川。
饮马湖风绿，弘歌天色蓝。
白云看不尽，大漠亦萧然。

二　自嘲口占一律

2013.10.20

秋来琐事忙，无韵不成章。
轻别蟾宫月，飘零桂魄香。
惊风连骤雨，白露起寒霜。
归去田园晚，葳蕤待菊芳。

秋韵画意三章

2013. 9. 19

一

月影中秋霜未冷，水随天去远芳菲。
西风断续蝉鸣少，草木依然落叶稀。

二

秋风不解天涯客，独向寒江觅楚辞。
未必春花常寄意，偏从寥落赋新诗。

三

秋意渐深霜欲染，疏林萧索草将枯。
明朝成趣何须约，苇荻沿溪满目芦。

停云思亲友

2013.10.21

风月无边常寄思，秋光有意却无诗。
凋零恨别江郎赋，[1]寥落难歌柳变词。[2]
过往溪山怀旧梦，来从芳树即新知。
衡门心远归陶令，日暮停云栖未迟。[3]

【注释】

①江郎即南朝诗人江淹，其《恨赋》《别赋》享有盛名，有句如“乍秋风兮暂起，是以行子肠断，百感凄恻。风萧萧而异响，云漫漫而奇色”。

②北宋词人柳永原名三变，词尚铺叙白描，擅写秋景。其名作如《雨霖铃》《八声甘州》等，皆抒写秋怀。

③陶令即陶渊明，被誉为古今隐逸诗人之宗也。有“日暮天无云”之句，钟嵘称之为风华清靡。曾作《停云》诗，自注：“停云，思亲友也。”

附

《停云思亲友》今绎

流连风花雪月的光景啊
时常会以此寄托无限的情思
然而这个秋意洒落的季节
却偏偏没有激发出任何歌诗
感叹岁月凋零呀黯然销魂
这情景犹如当年写别赋的江淹
落寞季节的惆怅像柳永一样
但却无法那般白描出清秋的歌词

远处的山峦呀近处的湿地
顾往人生呀多少事如烟如梦
唯有路边的树总是带来新的呼吸
令人怦然心动宛若初次相识

厌倦了世俗想摆脱红尘的羁绊
多么向往《诗经》里所说的
日之夕矣衡门之下可栖迟
那应该就是陶渊明的生活吧
他写《停云》诗是在思念亲友
日暮天无云那是多么的风华清靡
此刻和他一样我也若有所思

秋日唱和绝句三首

2013. 10. 30

一

秋风渐冷西湖树，野径还留桂子香。
万里溪山归旧梦，一杯浊酒醉斜阳。

二

一别秋风魂梦远，茗清犹染子衿香。
今宵酒醒京华路，遥向家山看旭阳。

三

梅花老去杳无息，晚桂依然香沁脾。
鹤影只随灯影在，今人犹叹古人稀。

附

水法原作

一

闻道西子新归去，绝无梦处桂枝香。
一湖山色任涂抹，何念何思对残阳？

二

寒风吹少新衣冷，旧友话多老酒香。
堤远桥长孤影立，半城湖水照夕阳。

即兴二律

一　登高

2013. 11. 15

惊鸿照影沈家园，寄远登楼问旧年。
独立风华秋色冷，轻舒玉臂月光寒。
山长水阔相思晚，雨淡云轻晓梦残。
高处层峰频望断，樱桃绽露为红颜。

二　维扬吊古

2013. 12. 13

闻道隋堤花溅泪，当时明月冷香魂。
楼船画影旌旗乱，寒剑弧光朔气深。
白石词章吟翠玉，杜郎歌赋忆佳人。
维扬千古还如梦，但将轮回付秀裙。

追韵友人二首

诗友问询

2013. 11. 3

渡远归来秋已深，凉风渐冷薄霜晨。
天涯且忆西湖水，域外遥思东海云。
辗转桂香方错过，殷勤菊影可堪寻。
含英柏韵酌湘句，酒洌诗达词意新。

仙都奇石

2013. 12. 1

闻道仙乡仙有都，烟波浩渺似还无。
巉岩峭立如天柱，奇石龙蟠似地庐。
造物神功呈异彩，世情人事也扶苏。
折腰五斗休长叹，总向江山悬玉壶。

五言吟雪二律

一　偶作苇花似雪

2013. 11. 29

寒溪天色暗，冷落入闲池。
弥漫洄云影，参差横玉枝。
露凝霜草白，絮乱溯如痴。
临水方知趣，微风苇岸湄。

二　轻雪

2014. 2. 13

絮飞天色晚，寒夜静无声。
洒落千山外，徘徊一树中。
孤舟独钓意，断雁觅群情。
楚梦迟眠醒，犹疑万里琼。

雾霾三首兼为次韵

2013. 12. 26

一

霾重寒烟锁，京华有旧祠。
红墙悬遗像，白石勒功碑。
千古英雄意，一朝鬼幻思。
何人追武后，无字也无诗。

二

风流思魏晋，早晚慕遗风。
吟啸追寒日，清谈薄远虹。
人喧无竹影，犬吠误桑踪。
寂寞归残卷，无言怅惘中。

三

烟霾难涤尽，城阙又迷茫。
湖上风尘暗，山间无日光。
一朝伤古国，十载害邦乡。
举目常弥望，何时花气芳。

附

余昕《诗与哲·次韵王守仁李白祠》

一

萧瑟秋烟起，苍茫掩废祠。
无言新画壁，寂寞旧沉碑。
野霁怜风雅，涛平悟哲思。
月明沧海阔，慷慨寄歌诗。

二

秋深传意绪，开卷过清风。
缈缈凝朝露，依依向晚虹。
枕书听细雨，散帙觅贤踪。
千载灵均赋，翛然入梦中。

新年题画诗九首

2014.1.9

一

云白天青山似染，风平叶静水贴舷。
归帆总未如曾许，却鉴冰心日月悬。

二

湖山造化本悠闲，一叶一枝尽自然。
莫向浮华迷世界，识真原本在心间。

三

沧海浮游天地远，人情世故两相亲。
风华洒落田园外，返璞方能归向真。

四

弦歌洙泗素尊经，洗净铅华雅颂中。
三百谁知夫子意，只今偏爱诵秦风。

五

长河淡隐寂无声，舸远帆轻一任风。
独立寒山凝望处，谁知万里别思情。

六

春回柳细看新黄，谁把瑶琴寄楚江？
解释东风无限意，清音涵碧入苍茫。

七

轻舟已过万重山，回望人生也坦然。
总道浮云长蔽日，穷达富贵有无间。①

【注释】

①此处用《梁书·范缜传》意。史载：萧子良问范缜："君不信因果，世间何得有富贵，何得有贫贱？"缜答曰："人之生譬如一树花，同发一枝，俱开一蒂，随风而堕，自有拂帘幌坠入茵席之上，自有关篱墙落于粪溷之侧。坠茵席者，殿下是也；落粪溷者，下官是也。贵贱虽复殊途，因果竟在何处？"退而作《神灭论》，以为富贵贫贱只是偶然际遇。

八

清江如镜树如花，云影山形自在斜。
因果随波相问处，扁舟一叶是吾家。

九

山似修眉展画屏，轻罗小扇意丰盈。
湖光但觅风和月，聊将丹青寄此生。[①]

【注释】

①此诗乃题写扇面画。恰巧那日行“桃源赏春”新修游步道，见道旁碑刻有毛泽东于 1959 年在杭州所写的《三上北高峰》诗：“三上北高峰，杭州一望空。飞凤亭边树，桃花岭上风。热来寻扇子，冷去对美人。一片飘飘下，欢迎有晚莺。”这首诗早几年相携爬山北高峰时候看见过，记得曾经问朋友扇子美人典出何处？友人答曰不知，其时我也不甚了了。此次又见突然忆起，这不就是汉代班婕妤团扇之典吗？班婕妤《团扇诗》：“新裂齐纨素，鲜洁如霜雪。裁为合欢扇，团团似明月。出入君怀袖，动摇微风发。常恐秋节至，凉飙夺炎热。弃捐箧笥中，恩情中道绝。”我本科时候同寝室某君，很是喜欢其中两句。那时候没有电扇，夏天总是拿一把芭蕉扇，扇上题“出入君怀袖，动摇微风发”。现在想来毛在 1959 年以此典入诗，其间究竟何意，只无人细考。

中州二绝句并纪

2014. 2. 1

说来这中州河南和我却是大有渊源。郑州以西 15 公里的荥阳是我父亲的出生地，父亲幼年随祖母逃难流落到了陕西韩城。所以追根寻底我的祖籍应该是在河南荥阳，即古代的郑国所在地。当年楚汉划界的鸿沟就在这里，现今象棋上有楚河汉界，那便是荥阳鸿沟的符号象征。刘项陈兵广武之间相与决战的广武山也在这里，还有个虎牢关又叫汜水关，也是个很有来历的古战场，几乎历朝历代都有决战在此发生。通常的人们虽然不熟悉历史，但很多人都听说过历史小说家杜撰的一个故事，这就是《三国演义》上写的“刘关张三英战吕布”，就在这个地方。在荥阳与洛阳交汇处还有个北邙山，东汉梁鸿《五噫诗》有：“陟彼北芒兮，噫！顾瞻帝京兮，噫！宫阙崔巍兮，噫！……”

尽管如此，多年来我从没有回过祖籍。不过在我户口本上籍贯一栏中，写的却是出生地河南省安阳市，这是因为我出生时父亲所在部队驻扎于此。年长之后我曾犹豫是否要改一下户口本上的籍贯，但后来想到自己的姓氏，这个卫虽然属于河东卫氏，和古代的卫绾、卫青、卫夫人等应该是同一脉，但卫氏初始却在河南。河南安阳一带属于周朝卫国的封地所在，安阳境内有卫河穿过，卫河有一个支流叫作淇水。早些年读《诗经・卫风・氓》的时候，特别喜欢其中两句：“淇水汤汤，渐车帷裳。”每念及此，总是想到那郑卫之音流播的地方，原本就是我的故国我的根系所在。走出机场，踏上这片阔别几近30年的故土，别有一种苍茫情怀。

一

苍穹横越入中原，依旧雾霾阴郁天。
楚汉当年争战处，黄尘弥漫似烽烟。

二

河洛回眸四十年，飘然世事去如烟。
云飞雾漫千山过，谁挽清流洗红颜。

镜湖视界

2014. 7. 14

交游邵、吴二教授20余年，又与杨玲教授书香过往已逾10年。其间声气相通，学问切磋，间或散漫山水而体悟学术；京杭路遥，文章意远，偶然思随感发辄有汇集。向者4人约聚杭州西湖之镜湖厅，共谋《视界》丛书，今者著述刊世，又始建“视界”微信公众号，藉学术传播于新媒体之创新也。适逢诗词结集，欣然有怀，兹以为纪。

北海繁星夜，镜湖晚桂风。
十年惊旧梦，廿载觅新踪。
想落云天外，思成视界中。
京华频望远，溪路与谁同。

排律寄同学诸友

2014.7.15

西溪初遇忆苍颜，一去韶华三十年。
壮志常存家国梦，童心未泯鬓先斑。
荆山泣玉卞和璧，[1]门下弹铗藉冯谖。[2]
世路崎岖知困顿，浮生干练有悠闲。
曾经浊酒惜相聚，转觅清歌风月间。
红袖新亭犹坠泪，[3]青衫旧事若云烟。[4]
春兰挹露晨曦暖，秋叶回眸暮色寒。
但为性情博一笑，且将学问戏成欢。
诗书典故咸讦短，意气文章总自怜。
惯作真诚多率语，偶然芥蒂也无嫌。
人生洒落无揖让，晚岁怡然贵放言。
寥落冰心谁为念，鸥盟向老许云山。[5]

【注释】

①“荆山泣玉”句：相传春秋时期有个名叫卞和的人，在荆山伐薪时得一璞玉，先后献于楚厉王和楚武王，楚厉王和楚武王均命工匠验之，以为有诈，分别砍去其左右脚。后卞和怀玉泣血荆山之下，始得楚文王识宝，遂琢成举世闻名的“和氏璧”。

②“门下弹铗”句：战国时冯谖寄身为孟尝君门下食客，其时食客

分为三等，各自待遇不同，起初左右之人因孟尝君不重视他而待之粗疏。于是冯谖几次倚在门边弹着他的剑唱道："长铗归来乎！"（剑啊我们回去吧！）终于得到孟尝君的厚待。后来冯谖为孟尝君谋划，实现了狡兔三窟的全身之策，使孟尝君在齐国为相数十年，没有遭到政治祸患。

③"新亭坠泪"句：西晋末年中原战乱，王室南渡。每到天气美好之日，过江士人便相约聚于建康（今南京市）城外的新亭，赏花饮酒。周侯坐在中间感叹："风景不殊，正自有山河之异。"（风景和往昔一样，江山却换了主人。）众人闻言，相视流泪。只有丞相王导愀然变色曰："当共戮力王室，克复神州，何至作楚囚相对？"（大家正该努力效命朝廷，光复中原，怎么可以如亡国奴一样相对哭泣？）后人遂以新亭之泪比喻忧国伤时的悲愤心情。

④"青衫旧事"句：白居易《琵琶行》诗中以"座中泣下谁最多，江州司马青衫湿"，写同是天涯沦落人的失意寥落，其间不乏人生过往伤感之情。

⑤"鸥盟向老"句：《列子·黄帝》篇中讲，海边有人喜欢和鸥鸟玩，而鸥鸟不惊。后人写鸥鹭为盟，就含有栖隐水国云乡的意思。